U0547767

李万华 著

群山奔涌

GUANGXI NORMAL UNIVERSITY PRESS
广西师范大学出版社
·桂林·

群山奔涌
QUNSHAN BENYONG

出版统筹：多　马　　　　　书籍设计：周伟伟
策　　划：多　马　　　　　篆　　刻：张　军
责任编辑：吴义红　　　　　　　　　　张泽南
产品经理：多　加　　　　　责任技编：伍先林

图书在版编目（CIP）数据

群山奔涌 / 李万华著. --桂林：广西师范大学出
版社，2023.7
　ISBN 978-7-5598-6013-2

　Ⅰ. ①群… Ⅱ. ①李… Ⅲ. ①散文集－中国－当代
Ⅳ. ①I267

　中国国家版本馆 CIP 数据核字（2023）第 080584 号

广西师范大学出版社出版发行
　广西桂林市五里店路 9 号　　邮政编码：541004
　网址：http://www.bbtpress.com
出版人：黄轩庄
全国新华书店经销
广西民族印刷包装集团有限公司印刷
　南宁市高新区高新三路 1 号　　邮政编码：530007
开本：880 mm × 1 230 mm　1/32
印张：7.375　　字数：140 千
2023 年 7 月第 1 版　　2023 年 7 月第 1 次印刷
印数：0 001~5 000 册　　定价：48.00 元

如发现印装质量问题，影响阅读，请与出版社发行部门联系调换。

序

风从青海来

我与李万华素未谋面，有限的信息交流源自阅读。起初，在博客读到其作品，如同开启一段阅读序曲，是一些短章或片段。"我仿佛是个，山野的王。我想着或许，果真，我在那些幽僻的地方，做过王。我将手脚散开来，搭着泥土，搭着草色，搭着蜂蝶，并且，搭着花朵的脸颊。"（《世界并非只由一种看法统治》）"我在这样的阳光里静坐，听到些热烈的声息，在寂静中喧响。我听出它们最先产生于泥土深处，如同一粒种子的萌生，在幽暗中做些左右冲撞，然后沿着叶脉和松针弹射，并汇集些他物的响动，溪流、山风、鸡鸣、犬吠、牛羊哞叫。"（《这个世界还有更乱的人》）这些文字，最平常的词语与句式，却产生独特的效果。沉思的品格，主观内省的精神底蕴，假设或想象的力度，隐隐可见其现代性写作的努力方向。读之，仿佛遇见一位前世的熟人，相知如故。

一晃十余年。

好多年，有两位"李万华"在视野中不断交替出现。一位是以

"天风"的名字出现在日常里，偶尔以通信工具交谈，话不多，寥寥数语，质朴，低调，有教养。另一位是以"李万华"的名字，在期刊和微信公众号呈现。"天风"给我的印象是模糊甚至有点神秘的，我以为那是一位生活在青藏高原深处的男孩，偏于凝思，个性诚朴。这种印象维持了好久，我的阅读因而不断处于猜测中，如同她擅长的写作的假设。直到《金色河谷》《西风消息》的出现，我的一些猜测才落到实处。如果《金色河谷》中的行文面目安静、明朗，略带热情，视线偏于外向又暗伏着向上生长的力量，《西风消息》的气息，则像一位看尽沧桑的中年女性，同样安静的表达中，万念释然如一，如同修行之后获得"解脱法门"的慧者。这一点，突出地体现在她的作品中，一是散见于期刊的散文《西风消息》，一是她获得第十八届百花文学奖散文奖的《丙申年》，两篇作品，都有仿若"慈航普度"的读感。而倘若了解李万华本人所经历过的时间磨砺，自会明白，她的人与文，缘何如此契合，如此莫逆于心。

迄今没到过青海，青藏高原之于我，有着土耳其电影《秋天》的风景底色和塔玛拉·科特夫斯卡导演的纪录片《蜂蜜之地》的人文想象。青海省的轮廓像一只猫科动物，静静地蹲伏在西部辽阔的版图上，图片的安静假象下，人文历史远溯秦汉唐宋，各民族宗教信仰由来已久，长江、黄河、澜沧江三大河流在此同源，青海的"花儿"就像《诗经》中的"风"，祁连山上，自然万象斑斓绚丽……这是一片神祇照临的土地，贫寒又丰饶，壮阔又灵秀。从出生到成长，从儿时到中年，绚烂归于平实，李万华像蛰居在山野清风中的古隐者，喜欢独自去旷野走走，吹吹河谷的风，听听鸟声啁啾，在黄昏观察一株青杨树的季节嬗变，在雪地之上看苍茫大地，一些大地深处的"消息"，梦境，时间，现代人的困惑与寻找，都在文字间扑面而来。

收录在这部散文集中的篇章，从"花鸟册""山水册"到"杂画册"，貌似自然文学写作的外套，内里却珍藏着作者倾心浇灌的精神骨血，通过个体身心在自然怀抱中的"安放"与"对视"，探究人的"存在与时间"。这里，涉及人的认知。认识自然难，认识同类也难，最难的，还是自我的认知。"认识你自己"——苏格拉底的座右铭，道出自我认知的困境与重要性。中国古代诸子和西方哲学语言，都在关乎"人之存在与认知"的精神路途奔走。本书中，作者笔下的那些花草，头花杜鹃、山桃、龙胆、马先蒿、香薷、披碱草、补血草开了又谢，谢了还开；青杨树的叶子绿了又落，落了又长；那些晚来风急时分或晓起薄雾中飞来飞去和鸣声自由的高原上的文须鸟、伯劳、松鸦、云雀、百灵，有着神灵度牒过的天籁之音；那金色河谷的一抹云霞、祁连山上的风雪、黄河岸边的芦苇、柳湾旧址的陶片、刚察的油菜花地，以及牧羊人的憨厚、西部村庄的记忆点滴、秋日与冬夜……就在年年月月的精神探究下，像群山奔涌一样，气势辽远而高峻，又像打乱了记忆与现实秩序的墨色，氤氲于纸面。有《论语》曾子"咏而归"的理想，有老子、庄子"独与天地精神往来"的道德自律，有佛家"众生平等"的善良、谦卑与慈爱。在类似这样的精神寄养和自我认知里，解衣般礴，奔走之躯与想象之笔相互映照，李万华维护着散文写作的尊严。

阅读过程中，我的体验是不能沦陷于作品"及物性"带来的阅读假象，在高原自然地理风物的语言中"走失"。如果你把这部书看作仅是描摹自然万物、风土人情，也许你只是进行了一次纸上旅行，"走马观花"一般轻易。如果你沉下心来，跟随作品的"呼吸"，像作者一样观照自我，也许你将精神同频地"如沐春风"。相信你的眼力。阅读者的高端眼力，让写作者与阅读者收获到双重的体面，抑或教益；就像本书中青杨树的一片叶子，春生秋落，亦是教诲。

存朴

2022 年 2 月 20 日于深圳

目录

山水册

花鸟册

杜鹃花

杜鹃花看过数次，印象深刻的，只有两回。

2019 年 4 月，在浙江天台山看杜鹃。那次去看杜鹃的时间早了些，山顶野生杜鹃尚未全开，好在山下人工栽植的杜鹃已繁盛似锦。花大如绣球，花瓣边缘烫过一般微微起皱，粉红自花瓣边缘向花心过渡，色度慢慢稀释，至花心，浅淡成白色纵纹。正是午时，日光烨烨，俯身去看，强烈光线自花心反射出来，一朵花成为一个光源，十几朵小花聚生成伞状，仿佛十几个小太阳光线四散，耀灼人眼。

山顶开花稍早的一两株杜鹃，自林木深处探出几团红晕来。满山蓊郁，杜鹃的红便格外醒目。有些杜鹃已成为小乔木，枝干盘曲嶙峋，花在枝上，从任何一个角度去看，都是一幅精心描绘的画。峰回，路转，拐弯处，见两三株杜鹃自断崖垂下，近在路旁。跑去拍照片，极力攀爬，勉强将相机对焦，看到镜头里紫蒲色的几朵，如蝶翼，秀雅娉婷，生绝尘之姿，令人耳目清越。

穿茶园，过箬竹林，抚摸修长有韧性的箬叶，想起粽子。粽子我不爱食，也不会包，但对这古意盎然的食物还是怀有敬意。箬叶尽处，华顶峰上，遇见千年杜鹃王。千年之前的杜鹃树，历经风雨，树干已经黑褐，苍颜古貌，树冠如松。可惜花未开，不能一睹"开花可达一千多"的盛景。登山时出一身热汗，坐在杜鹃林中的石亭休憩，偶有一点凉风至，不亦快哉。

明万历四十一年四月初三，徐霞客第一次游天台山，登华顶峰，记下"荒草靡靡，山高风冽。草上结霜高寸许，而四山回映，琪花玉树，玲珑弥望。岭角山花盛开，顶上反不吐色，盖为高寒所勒耳"。2019 年的 4 月上旬，正是农历三月初，山顶不见一点薄霜，无荒草，风也不冷，与 300 多年前相比，气温确实高了许多。

2021 年 6 月 5 日，在祁连山脉东端，见到开满山坡的头花杜鹃、百里香杜鹃和陇蜀杜鹃，花势磅礴，以前从未得见。头花杜鹃与百里香杜鹃的花都呈紫色，百里香杜鹃的紫更偏向蓝色。陇蜀杜鹃为原亚种，枝形高大，花大而白，苞片粉红。三种杜鹃都具清冽芬芳。

还未到达峰顶，路一旁山坡上的杜鹃已使人震撼。紫色杜鹃花和白色杜鹃花将整面阴坡覆盖，两种色彩又分开来，紫色在下，白色在上。显然是海拔的缘故，陇蜀杜鹃更喜欢高海拔的寒凉。

翻越山顶时，见到千峰错落，莽莽苍苍。雪在沟壑，冰川挂成瀑布。山路蜿蜒，云杉、桦树和杜鹃林无一例外俱在山坡的阴面，那里潮湿，阴凉。光照较强的山阳，多是草甸和柏树。这条路走过多次，每次走，每次看，始终看不够云生雾起的群山万壑。

身在杜鹃丛，一时恍惚，不知该看哪一朵。只好在白色和紫色的山坡上跑来跑去，想把所有花朵都看一遍，然而怎么能够。太阳正在头顶，光线穿过花丛时迷蒙成缕缕淡蓝浅绿。花海安静自如，花丛下，黑毛虫带着一对红眼睛爬行，鬼箭锦鸡儿只有一寸高，花已绽放，天山报春几朵，如小人国的花草，一株唐古特瑞香举起的几枚花朵，胸针似的别在大地的衣襟上，五脉绿绒蒿垂下花苞。

这几种杜鹃已经看了几十年，这是多年来第一次看见如此有声势地开。似乎杜鹃生活多年，这次终于拼尽了全力，或者，杜鹃枉活多年，这次终于发现了自己。

群山奔涌

文须鸟

元月 10 日，午后，西风凛冽，我裹了厚棉袄，去河畔散步。途中遇到一位专拍文须鸟的摄影爱好者，他表示对其他鸟没有兴趣。当我追逐一只水鹨时，他问那是什么鸟，还再三申明不喜欢，嫌它不好看。哪种鸟好看，哪种鸟不好看，我想问一下，天冷，嫌麻烦，没开口。在我看来，每种鸟都好看，都萌，都有其他鸟不具有的精妙。水鹨的羽色与麻雀差不多，灰扑扑，全身上下没一处亮丽，它的尾巴又如白鹡鸰那般神经质地上下抖动，它很少放声歌唱，只在滩涂沙渚上来去觅食，偶尔为领地和食物与同类争吵，像一个已被生活磨蚀的中年妇女。但是水鹨之外，天地间再找不出一只与水鹨完全相同的鸟，它是这世间的独一无二。

那日天空阴沉，芦苇秆上的麻雀结成团队，忽而东忽而西，大厦将倾一般，不知何意。那位摄影爱好者东行西走，过一阵忽然指着芦苇丛让我看文须鸟。等我过去，除去芦苇摇曳，哪里还有鸟影。我自然不肯靠近一个叶公看他拍下的照片，那一日便与文须鸟失之交臂。

然而世间眼看着错失的，又何止是一只文须鸟。

至 3 月，再去河畔，见到栖息的渔鸥已经离去。已到安身立命的关键时刻，它们该去鱼群更为密集的地方，为子孙后代筹谋。河面只剩下绿头鸭和红头潜鸭。绿头鸭自然青梅涩涩竹马沙沙，红头潜鸭却寥落了了，全是荷叶生时春恨生的哀愁。到底是春天了，这些季候的先知终究按捺不住兴奋，水面上因此不时传出含义明确的"嘎嘎"声。有些绿头鸭摇摇晃晃比翼而起，绕芦苇丛飞一圈，又落到水面，大约是小夫妻旅行结婚。河岸边的树林中，大山雀的叫声已发生变化，再不是夏秋冬三季的"吱吱"声。现在它们将音调提高，音节增加，音韵袅娜婉转，该是说着山无陵、江水为竭之类的情话。攀树干的大斑啄木鸟，也忙中偷闲，絮语不断。

芦苇依旧冬日模样，风硬，吹过时，"瑟瑟"声直来直去。偶尔几茎苇秆挑一些荻花在风中抖动，更多的芦苇，东倒西歪，彼此覆盖，水葱和东方香蒲凌乱不堪。沿芦苇丛前行，听到几声琴弦绷断似的声音，断定鸟儿就在附近，驻足凝神，却什么鸟都看不见。藏着掖着原不是鸟的本性，它们只是习惯了机警。但是现在，我看见许多鸟已经学会躲躲藏藏，仿佛它们的存在，是一件见不得天日的事情。

离开芦苇一些距离，用望远镜细细搜索，终于在水面纵横的芦苇秆下，见到十几只文须鸟。看惯了麻雀长尾山雀山噪鹛乌鸦喜鹊之类浑身的庄严凝重，现在见到色彩这般清新悦目的小鸟，瞬间神清气爽，仿佛脚下的这方土地，再不是山寒水瘦大地一片枯黄的青藏高原，而是已挪身江南，周围一片莺声燕语。天虽然冷，文须鸟们却其乐融融。这是一个群居的集体，或者是一个家族也未可知。正是午后休憩时分，大部分文须鸟在芦苇茎上嬉闹，一派岁月不需回首的及时行乐样，一只雄鸟却忙着洗澡。我见它两次下水，先洗胸部，再洗腹部和尾部。当它出浴，甩水珠，梳理羽毛时，可以见到尾部的一道黑羽异常醒目。它脸颊上的黑髭纹自眼部锥形下垂，仿佛一个花脸，这加深了时光的沧桑感："宋王爷坐江山为君不正，谪贬俺雅志府为庶民……"然而它的眼神表明它涉世未深，也表明它并不会因为年龄而沉沦。那些雌鸟自然不留胡须，尾部又没黑羽，浑身浅灰与淡黄，纯粹一枚枚小清新。

翻遍记忆，与许多其他鸟一样，文须鸟在我的记忆中也没有一席之地。没什么可奇怪的，文须鸟原是古北界的鸟，青海应该常见，不过文须鸟营巢需要与芦苇有关。芦苇丛中，或者靠近水面的芦苇下部，在那里，它们将自己隐藏起来，与大部分的世界隔绝开，偶尔在荻花和香蒲上玩杂技。在高原，芦苇不会随处生长，我常年生活的高寒山地，自然见不到文须鸟。

不肯随遇而安，鸟儿虽小，却有志气。"燕雀安知鸿鹄之志"，这一点，陈胜完全错了。

民间将文须鸟叫龙凤鸟，找不到一个人询问其中原因。或许是因为文须鸟始终雌雄相伴，龙凤呈祥那样。可此时，眼前这些群居一处的文须鸟，却与龙与凤毫无关系，它们倒像古代穴居的先民，凡俗平实。

泡桐花

初识泡桐大约在十几年前。

那日向西，到黄河岸边的循化县时，夜色已笼罩小镇。高原的夜晚，熟悉又陌生。夜雨才过去，小小的广场上积水未散。人们跳锅庄，旋转的圆圈外，更多的人站着观赏。那些节奏铿锵的锅庄舞曲，有些我已熟悉，有些虽然第一次听见，它的旋律却仿佛来自记忆。转个角，当街的烤羊肉摊一字摆开，食客不多，几缕烟火缥缈出些许宁静。我们找到一家，两张小方桌一拼，点些羊肉串、烤腰子和白斩鸡，又叫小盘的二截面。茶水自然免费，走路一整天的人，一杯一杯牛饮。路旁不知名的高树正在开花，一树月白。偶尔有红衣僧人飘着袈裟走过，拂起几缕暗香，辨不清是来自近处高树，还是远处丁香。

后来在植有大树的街道慢慢走，又向树下独坐的人询问大树的名字，说：桐树。高原见惯的几种花树无非是丁香榆叶梅山桃山荆子之类，丁香体柔弱，榆叶梅也伟岸不到哪里去，山荆子树虽然高大一些，但花朵我认识。至于玉兰啊，木棉啊，红花羊蹄甲之类一开花就一树锦绣的花树是不会在高原繁茂的。循化县城海拔虽然低一些，但依旧是高原，怎么可能长出桐树呢。一兴奋，人仿佛就不在高原了，暗自揣摩不知是哪一种桐树，是能引来凤凰的梧桐，是能致富的油桐，是冰川遗老的珙桐，还是花朵能消肿生发的泡桐……猜测着，高个女伴试图跳一跳，拽一开在低处的花枝下来，让我摘一朵回去上网研究。几个人围着转一圈，终究没下手。想着是有落花的，低头走，人行道上果真散几朵，已香消玉殒，显然被

群山奔涌

行人踩踏过。也不计较，捡一朵在手，就着昏黄的灯光细瞧，只看见白色的钟形花瓣上漾几星紫斑，仿佛小号的喇叭。

原本是要看黄河在夜晚的样子，听黄河的声音是否来自天上，结果和路旁的花纠缠起来，当初的意愿也忘得干净。半夜醒来，在简陋的旅店，听得窗外噼啪的雨滴打在玻璃和墙壁上，隔一阵，又听见远处杜鹃啼叫。杜鹃喜欢隐在青杨林中幽幽地叫，夜半听到杜鹃叫，还是第一次。莫非杜鹃果真要夜以继日地悲伤，非啼出血来不可。在高原，看惯了一个冬天雪花漫卷的清寂，夜半蓦然听到雨声淅沥，竟十分亲切，仿佛久已生疏的故园声息。

龙胆

　　河湟地区的春天，草地上会开出色泽深浅不一的蓝色龙胆花。这些钟形花朵仿佛小昆虫支起的大喇叭，蹲下去听，却没有一点声音。原来昆虫都是小胆量，有扬声器也不敢用。龙胆花肆意地开，人随便一坐，身边就是一簇，都来不及一一细看。紫蒲、窈蓝、群青……几种色彩将比例换来换去，游刃有余。蓝色总归出尘，紫色有些神秘，看上去，龙胆是远离尘世的花。但在微距镜头中，龙胆花瓣仿佛一张张画布：深蓝的花瓣上，是五把墨色勾勒出边线的蒲扇，浅紫的花瓣上，墨线正勾勒一把把金钟铲。那些黑色线条精心描出，每一笔，相似又稍有不同，仿佛一个颇具匠心的画师，日日匍匐于草地，一朵一朵，用笔将其装饰。

　　长萼龙胆、鳞叶龙胆之外似乎还有一种龙胆，叫不出名字。种类不一的龙胆们混居一处，各自开花，无宾主之分，无先来后到。女孩们镇日在草地上玩，采野花，尝植物根茎，唯独不采龙胆花。不是龙胆花有毒，不敢，而是，那样小的花，贴在地面上，连个花梗都没有，即便揪一朵，也无处拿捏，更无法插在辫子上。不可亵玩，就不玩了，随遇而安。龙胆开花早，草地上大部分植物还未醒转，龙胆的蓝色小喇叭们已经在枯草中支起，算是野花中的迎春花了。

　　龙胆之后，潮湿积水的草地上会开出粉色报春花。多是天山报春，根状茎短小，花葶却高达20厘米，粉色的小花聚成伞状，娉婷。天山报春是孩子们喜欢采撷的花朵，不过采撷时需花费一些精力。天山报春多长在沼泽地，远处看去，沼泽地绿茵茵一片肥厚，偶尔积一汪亮闪闪的水，有牛羊蹄印在上面，不明真相的孩子，一脚踩进去，"咕咚"一声，一脚泥。天山报春外，另有一种苞芽粉报春，也是龙胆一样，贴地面而生，开出的粉色小花不如天山报春纤秀，有些憨实，不常见。报春之后，高山上，会有杜鹃开出。杜鹃声势大，不是一片草地可以承载的，一开，就是整面山坡。说龙胆、报春、杜鹃是世界三大高山名花，不知确否。

一次，我蹲在草地上看龙胆花，被一群同样是紫色的小花吸引。远处看时，以为是另一种蓝色更深的龙胆花，近前，却不是，是紫花地丁。紫花地丁我在别处见过，颜色没有如此深浓，蓝紫的花瓣边缘渐呈白色，小鼻子小眼，还算清秀。眼前所见，却是那种浓得化不开的蓝紫。一直不太喜欢深紫色，还有红色。我在红色中容易见到某种凝滞和僵硬，大约来自童年的一些不愉快记忆。深紫让人窒息，似乎坠入深渊。深蓝加紫，仿佛陷入一场梦，怎么挣扎都醒不来。

说起深蓝，山野中还有一种管花秦艽，同样是龙胆科龙胆属的植物，"砰砰砰"四射的莲座丛叶，比龙胆要壮硕一些，花朵簇生枝顶，花瓣是纯粹的深蓝。花朵们挤在一起，深蓝就有些幽暗。妙的是它的须根，一律向左扭结，成为一根粗壮的圆柱状，我们叫它左扭根。

据说不卧龙宫卧山林的龙胆花语是"喜欢看忧伤时的你"，年轻人的爱好。"一场愁梦酒醒时，斜阳却照深深院。"我看龙胆花，看不出多少忧伤，倒是那小小花瓣上的精致图案令人惊叹。人若要向植物学习，除去学习它们的秩序，还应该学习它们在美学方面的创意：没有一种想法是重复的。

青藏高原腹地，海拔 3000 米以上的草原，达乌里龙胆常常将花开在八九月份。这些地方，朗晴时阳光彻照，蓝天深远，风冷硬，天气阴沉时，长云笼罩雪山。深蓝色的达乌里龙胆大片绽放，只将一片草原染成靛蓝色。有个下午，我在泽库县一个居民安置点逗留，一排排新建的楼房，楼前预留的草坪内，生长的全是草原上的荒草，披碱草为多。高草披拂，远望一派苍苍茫茫的萧瑟，近前，却见高草中许多小花。达乌里龙胆幽梦般沉静，白色龙胆花仿佛是没有痕迹的时间脚印，一种柔弱的矢车菊似的小花，细茎挑起花朵在草丛娉婷，不知叫什么名字。那一时阳光清亮，风呼呼刮过，楼房兀自矗立，不见人来人往，偶尔一只猫走过，脚步轻盈，优雅矜持。

群山奔涌

山桃

出门时才发现风在街巷游荡。春天的风说冷不冷，但也不让人舒服。人在风中，头发横飞，竖起的衣领直抵下颌，身体努力前倾，才能保持平衡。天空的云本来已经轻盈白净，风将地面的尘埃扬上去，云又如冬季那般暗旧。行道旁的垂柳已泛上鹅黄，杨树淡紫的柔荑花絮正在风里摇来晃去。紧走几步，于人影中遇见一株开花的山桃，微微一震。

前夜，朋友发来手机视频，是山桃花在万家灯火中的身姿。夜晚的幢幢楼宇，灯光自窗户透出，带些爱丽斯蓝。冷色系的光给人以距离，不像暖色的灯烛那样将人拉近。夜空下的山桃花瓣，有点像单薄的雪片乱飞，尤其是枝子微微摆动时。山桃花瓣细碎，粉白，窗户散出的光映于其上，星星点点，楼上层叠的灯光便显得生硬机械。朋友问能否看清哪些是花哪些是灯火，我说山桃花摇曳，仿佛群星闪耀，高楼上的灯光，更像来自外太空的飞行舰队。

那晚诧异山桃花居然已经开放，几乎与香荠蓫同时。现在蓦然撞见，惊喜之后是一声一眼千年的喟叹。

山桃花自然以开放在山野为佳。有一年，我和朋友去南山看山桃花，时间不对，山桃花花期已过，高挑扶疏的暗红色枝子上，全是窄而细长的叶子。没有花也好，我们在山桃树下找桃核。拇指大的山桃核到处是，拣大而饱满的核，几分钟就是一把。捧着桃核找清水，蹲在太阳下一枚枚清洗。山桃核的花纹九曲回肠，让人想到屋角米柜上花草祥云的图案。说好将捡回的山桃核用来串手链，想着用肌肤将那花纹一点点摩平，沁出油，裹上包浆，看一看岁月如何在自己的手上揉搓。可是话一说过便忘，捡回的山桃核放在阳台上晒，这一晒，便没了下文。

其实南山的山桃，也是人工栽植。高原野生的开花树木不多，不像南方郁郁葱葱的大山，走一程，峰一回，一棵开花的大树。繁花满枝，却叫不出名字，只好仰头看，看得天旋地转。

比起山野和公园里的山桃，此时街头的这一株多少显得孤单。不是不合群，不是冷傲孤僻，而是，举目无亲。这是一个疫情尚未结束的时期，行人心有忧惧，所有举止都小心谨慎，唯恐一处不慎，后患无穷。又是料峭春风，阳光躲在云层，生硬的城市建筑将天空切去一半。那些原本可以与行人一起喧嚣一起热闹的树木，除去垂柳和青杨，其他树都没有抽芽的意思。唯有这尚未健壮的山桃一株，在国芳百货的商场广告牌前，细枝伶仃。

是一株淡粉色山桃。淡粉最经不起世尘沾染，粉色淡了，显得苍白陈旧，即便新开的花，也如岁月糟践过一样，粉色浓了，又有后宫佳丽的嫌疑。好在这个春天不太明丽，樱花未开，夭桃也未绽放。不明丽的天光下，山桃花的淡粉便有些藏巧于拙。记得还有一种白色山桃，花瓣的莹白透出点浅绿。绿色只要不太浓，都清爽。与粉色山桃花相比，白色山桃花更具仙气。

走近，看故人那样，仔细看一眼，又离开。离开时还在想：时间不是太早，也不太迟，时间永远刚刚好。山桃花的时间属于山桃，紫槐的时间属于紫槐，草坪里，园艺工人即将栽植的小个子花草，它们的时间也只属于它们自己。山桃在山桃的时间里摇曳，行人只在行人的时间中匆促。时间无法像流水那样汇合，这是它们彼此照面之后便抽身离去的缘故，哪怕是一个"城墙下趾稍广，桃柳烂漫，游人席地坐，亦饮亦歌"的时代，桃柳也只兀自烂漫，游人只兀自歌吟。

行到碧桃花下看

　　已是 5 月中旬，山里的青杨才举出淡绿的芽苞。这是一种看上去有足够耐心的树，不温不躁。这之前，10 月还没过中旬，青杨一树树金黄就开始散去。仿佛它真要将卵形的叶子当成金锭，诚心应验一下金乃流动之物这句话。青杨的旧叶子落得比秋风早，新叶子又要等到暮春才钻出来，这中间是半年之久的高原之冬，这般漫长，挑战人的耐心，仿佛贝拉·塔尔的长镜头。

　　不过春天毕竟要远去了，寒冷的空气湿漉漉的，仿佛有无数看不见的雨滴悬在其中，雨滴的中心又包裹了万千种子，似乎它们只要一落地，便会"吱吱呀呀"冒出万千芽尖。想一想，一粒种子破土而出时如婴儿一样发出一声啼叫，那春天会是什么样子，是一支波尔卡，是赋格，还是狂想曲？

　　山坡上一块块田地裸露，通体黝黑。黑色是高贵的色彩，也是孕育的色彩，如同黑夜和母腹那样。田地不仅黑，还如海绵一般蓬松。如果压一压，一定会有虫子探出触角来。河谷早有流水，泠泠响，雉鸡偶尔掠过低矮灌丛。更宽广的滩地上，是若有若无的草色。不过这一切并不分明，这个春天的雾气正在漫延，仿佛巨人在冰天雪地里呵出的一些热气，丝丝缕缕地飘浮，雾气中满是潮湿的泥土气息。这些灰白的雾气甚至将整个山川、树木和房屋轻轻拎起，仿佛它们只是一块桑蚕丝的手帕，在纤纤手指间移动。

　　地面上的雾，尤其是这春天的地面上的雾，与山头的浓雾明显不同。前者是低吟，是慢捻，是舞台上扬起的水袖；而后者，是汹涌，是套曲，是秦腔里的铜锤花脸，是一树树的泡桐花绽放。

这样，当我在雾气里穿梭，我觉得自己也便是雾了。成为一种雾，不知道有多妙，机心不分明，界限不清晰，躯体轻盈，捕梦者那样，可以穿过石缝、草棵、林梢以及水分子，窥探它们的秘密。是谁说过，纳博科夫吗？他说，自然是最大的骗子。成为雾，可以钻进骗子的每一个空隙，查看虚实。而你自己，除了迷蒙，什么都不是。

撞到一树碧桃花。

碧桃先前留给我的，通常是一树红云的模样。光秃的枝杈上挤满那么多桃红的花朵，没有缝隙，背景一律是蓝得让人不知所措的天空。也没有其他花草来陪衬，大地还是冬天的样子。碧桃花莽撞地开出来，喷涌，仿佛舞台上的花旦，宜远观，不可近玩。便是宋人扇面上的那一枝白碧桃花，也是多次勾描，反复晕染，靠近了细看，蜂巢一样，让人心里堵得慌。现在，眼前出现的，这山野村庄里的一树碧桃，颠覆了它以往的所有形象。

它依一面土墙，墙不高，斑驳，生了青苔，明显是早年大板夯筑。碧桃树只有一米多高，纤巧的枝条错落有致。都是绯红的花苞，小豆子一样翘在花枝上，不密集，也不隔绝。一扇半开的木板门在花枝旁边静默。没有人影，也没有犬吠鸡鸣。雾从山坳涌出来，沿着土墙，拂过碧桃树，继续向前移去。雾是不懂停留的，即便逢着一树未开的碧桃花，也是慢悠悠地走过去。

慢悠悠地走过去，是，哪怕你遇到这样一树清冷秀雅的碧桃花，你暗自赞叹、流连，然而你还是要走过去。"二月春归风雨天，碧桃花下感流年"是不必要的。一句"行到碧桃花下看"足够了，再想什么，都是多余。

百灵

云从幕布厚重的天空垂下，遮去山头，阴沉使山的青色愈加深浓。远山如黛，现在，远山已在我面前，如果伸出手，甚至可以触摸。但没有一座山是可以触摸的，如同没有一片云可以用来裁制衣裙。你只能身在其中，成为它微小的一部分，这注定你无法与山齐肩，无法与云同游。山下许多田地已经退耕，依稀可辨的旧日轮廓中，遗留的种子又长出植株。这已经是不会被收割的庄稼，仿佛游子天涯。庄稼的命运也是注定的，如果少去四时耕作，便是全然的杂草一片。好在植物不懂计较，如若植物也如人一般，爱恨情仇，全然算计，想必世界早已乱作一团。

清冷，而又寂静，仿佛不是 6 月将尽的样子。惯常的 6 月，是樱桃挂在枝头，是蔷薇高过槿篱，是牛蒡蹲在泛着白光的路口。便是山里，惯常的 6 月也是杜鹃怒放，云成为动物模样，鹰在天际，放牧的羊群找寻阴凉。但现在，时间仿佛退回到早春，寒凉凄冷，没有风，天地能拧出水。此前的雨，已将原野洗得油绿，尚未退去，另一场雨，已藏在云和空气中，似乎只要一个手势，一声号令，它们便会唰唰落下。田地之间的路已被打湿，水积在凹处，映出另一片暗色天空。在这样的旷野，我看见凤头百灵，静立于田埂。

我是在相机的长镜头中看清那是一只凤头百灵。青稞长势旺盛，一只鸟落下来，如同将一片叶子扔进森林。起先我在看上下翻飞的小云雀，在镜头中，它们只是快速移动的黑色剪影，因为翅膀振动的频率太快，看上去，它们的飞翔仿佛在炫技，又似乎在迷途

群山奔涌

之中，一次次找寻出口。它们的鸣叫从空中传来，带着飞翔的欢乐。将镜头从空中下移，看到远处村庄，青杨，看到近处黑白分明的蚕豆花，以及坡地上浅紫的马先蒿，然后看到一只凤头百灵。

它背对我，侧着头，这个角度，正好突出被黑色纵纹的羽冠，高耸醒目，仿佛古人的高冠，带些威仪。它挺起黄褐色的胸，下弯的喙也微微翘起。它颈部蓬松的羽毛仿佛堆起来的大氅衣领。它始终保持不动，目光专注于左前方。遮住它半个身体的青稞叶子上，雨水如同珍珠，镶成圈。高冠博带，金剑木盾，这是一位举袂若仙的高士，我暗自赞叹。

鸟都带些神经质，它们总有一些看似多余的举动，尾巴不停地晃，走起路来啄米一般乱点头，唱歌时颤动身体，抖羽毛，甚至在休憩时，也要走火入魔般惊跳。又因为胆小灵动，惯常的鸟，似乎都处于凡俗的动态生活中，唯有这只凤头百灵，此时保持着画面似的高贵。

文字中的高士见得多了，渐渐怀疑。并不是怀疑这个体曾经的存在，而是怀疑作品的呈现。文字总要带些修饰成分，有意无意地，仿佛涂了一层橄榄油。文字会使一个隐于林泉的高士丰满，细节毕现，会予他们以光辉，但我更怀念悄无声息的那一个：在庞杂而又幽微的时间之流里，他们行吟，或者沉寂，无人问津。

如果不是经常行走原野，就无法分清凤头百灵和小云雀的鸣声。小云雀即便唱起歌来，声音也很急促，仿佛天敌尾随其后，或者一口气不吐不快。凤头百灵的鸣声则要和缓许多，吐字也清晰，中间还要加些颤音，典型的歌唱家，表情达意，十分到位。单听它们的鸣声，似乎便能知道它们的寿命，小云雀一生紧张，自然血尽早亡，凤头百灵朝夕悠游，自然享有足够时日。

　　我也遇见过积极入世的蒙古百灵。在广场，它的主人将它搁置一旁，自己和几个老头打纸牌寻欢，它在笼子里，一点都不生气。它似乎并不想到笼外去，尽管那一时笼外春色正浓。我挨着笼子蹲下，想探究它脖颈的黑领结如何打出，还有那长得过分的后爪，能有什么用。蒙古百灵本来就无所用心地乱鸣啭，见我坐下，突然起了兴致，开始各种表演。那果真是一场演出，笼子是小小舞台，观众只有我。我试图记下表演者有多少技能，记来记去，结果将自己记糊涂：在半小时时间段里，蒙古百灵似乎没唱过一句重复的歌。

　　要知道，那只蒙古百灵的小嘴巴含着无数露珠，它一开口，露珠便成串滚下，在草叶上、岩石上、花瓣上，在小兽起伏的肩胛上，高高低低地跳。

　　　　　　　　　　　　　　　　　　　　群山奔涌

小满之后

无名小河自东向西蜿蜒，发出哗哗声响，河水不算清冽，也许上游地区才落了场雨。河流自然来源于不远处的祁连山脉，那山我已经熟悉，曾数次登临。海拔高，云雾始终缭绕，即便6月天，山顶也积雪覆盖。河水冰冷，这一点听声音便会感知。河两岸，是并不茂密的青杨林。太阳此时已经偏西，空中云朵大块相连，这使洒进林中的光线并不均匀，明明暗暗，林中草色因此深深浅浅。

草地上盛开的，都是趴下去才能看清的小花。狭萼报春，以前我曾将它称呼为散布报春，多么马虎的错误。肉果草，名字没有任何诗意，看上去与肉也没关系，幸亏花朵没有一只蜜蜂大，如果花朵大如牡丹，那花瓣上浓郁的深紫会让人窒息。委陵菜的细茎伸出来，探手探脚，跑到远处又着地发芽。马先蒿红黄两色齐备，这自然是不同品种所致。少花米口袋，小时候吃过它的根，但一直习惯叫它少米花口袋。龙胆贴着地面，淡蓝色花朵仿佛梦幻。金露梅、防风、马蔺、秦艽，一一可见。很奇怪最熟悉的甘青老鹳草却没有踪迹，若在以前，甘青老鹳草是绝不能采摘的花，因为谁都知道它叫打烂碗花……小花们兴致勃勃，仿佛在庆祝儿童节。这是青藏高原的春天，尽管在节气上已是小满之后。

鸟儿们飞来飞去。当然，我才不会说鸟儿们在参加集会，百鸟朝凤，不。环颈雉依旧在灌丛里昂起脖颈逡巡，成双成对，我连靠近的意思都没有，只仔细看了看，它们便"呼啦啦"飞去，誓死不碰面。一反常态，灰斑鸠双双低飞而过。灰斑鸠还是在傍晚的青杨林啼叫为好，缱绻绵渺，《诗经》的味道，布谷再应和一两声，一叫一回肠一断，更愁人。麻雀雏儿还是耷拉着翅膀，跟在妈妈身后叫，都跟妈妈一个模样了，还不知道自立。银喉长尾山雀的雏儿们枝头排排坐，起先我以为那是一串旧年的果子，但青杨是不结果的树，用望远镜一看，它们挤在一起，胸前一律淡粉，仿佛围着小汗巾，它们的妈妈，正在枝头为它们找寻食物。

好季节到底不一样，都在嬉戏，在玩闹，在轻松随意地生长。

棕背黑头鸫胆子大，根本不像它的同类赤颈鸫。赤颈鸫是那种你一仰头它就飞去的鸟，好像它的神经与人相连。棕背黑头鸫在我面前的草地上觅食，慢条斯理。走姿依旧是那种俯首向前小趋几步，然后猛然抬头站住，似乎有什么事让它惊愕。能有什么事呢，我每次见鸟，都蹑手蹑脚，大气不敢出——每次都是鸟们先将我吓住。而林中，草色青碧，流水潺潺。此时正适宜躺在草地上，眼睛追随一朵流云，嘴角衔一枚草茎，一朵白色的草莓花最好，年轻时候那样，然而不行，两只鸟在你面前来来去去，仿佛你是它们的客人，你必得优雅一些，正襟危坐不必要，但一定要表现出某种知书达理。于是在一块裸露的石头上坐下，尽管黑蚂蚁自脚边跑过，还有一种细如线头的黑蜈蚣。

普天下都相似的雌鸟，不是灰就是棕的雌鸟，色调总是雨天般暗淡的雌鸟，美了容也看不出效果的雌鸟，我眼前的棕背黑头鸫雌鸟，依旧没跳出大自然限定的这个圈。好在它的神情个头与雄鸟差不多，如果忽略掉它们羽毛的色彩，你便判断不出谁雌谁雄，这可不像人类。雄鸟就不一样，雄鸟都是染缸里浸过的，是涂脂抹粉的，是诸种油彩一起上身的。它头颈尾翼的黑是夜晚的黑，腹部的栗色仿佛着了火，至于背部的灰黄，还是忽略的好——似一块灼烧后留下的疤——然而雄鸟一无所知地背着它。

它俩相隔不远，始终保持一定距离。小跑，立定，抬头，再小跑，立定，再抬头，偶尔向着远方谛听。

我已经知道，眼前的两只鸟是进了全球濒危鸟类目录的，珍稀而罕见。可此时它们明明在这样普通的一条河谷里，普通到连青杨树都是后来栽植的，游人开了车就能来此处撒野。而村庄就在不远处，柏油路穿村而过，犬吠清晰可闻，人们咳嗽的声音都能传过来，猫时常跑来游荡，村里人甚至将林中草地开辟出几块来，种上了云杉和蚕豆。

所谓大智若愚大约就是这样一回事。

醋栗

　　年轻时读契诃夫的小说《醋栗》，对幸福和自由这些事情没有多少概念，大约那时世事没见过多少，对外界的认识，还是单纯地一厢情愿。小说读完，许多细节即刻遗忘，唯独文官尼古拉·伊万内奇钟情的醋栗记了下来："乡村生活自有它舒服的地方……在阳台上一坐，喝一喝茶，自己的小鸭子在池塘里泅水，各处一片清香，而且……醋栗成熟了。""傍晚，我们正在喝茶，厨娘端来满满一盘醋栗放在桌子上。这不是买来的，而是他家里种的，自从那些灌木栽下以后，这还是头一回收果子。尼古拉·伊万内奇笑起来，对那些醋栗默默地瞧了一分钟，眼睛里含着一汪眼泪，他兴奋得说不出话来。然后他拿起一颗醋栗放进嘴里，瞧着我，现出小孩子终于得到了心爱的玩具那种得意的神情，说：'多好吃啊！'"

　　小说里的醋栗，"又硬又酸"，至于成熟时的香气怎样，没有提及。想必醋栗的香气也带些酸涩，不讨好的那一种。尼古拉·伊万内奇为了拥有一座有主人的正房，有仆人的下房，有菜园有醋栗的田庄而拼命攒钱，活得像个叫花子。为了钱，甚至娶一个没有情感基础又老又丑的寡妇，只因为寡妇有钱。结婚后，老寡妇的钱被吝啬鬼尼古拉·伊万内奇存进银行，连黑面包都吃不饱的老寡妇不到 3 年便死去。尼古拉·伊万内奇老去时，梦想终于实现，有了庄园，有了沟渠、围墙、篱笆、栽成行的杉树，还有整整 20 株醋栗树，也有了狗和厨娘。但狗是肥狗，光脚的厨娘"像一头猪"，而尼古拉·伊万内奇自己，"在床上坐着，膝上盖一条被子。他老了，胖了，皮肉发松，他的脸颊、鼻子、嘴唇，全都往前拱出，眼看就要跟猪那样咕咕叫着钻进被子"。

我对钱的态度始终随意，消费没有计划，有时拮据，有时大方。自己没有成为尼古拉·伊万内奇那样的人，觉得万幸。小说中，醋栗如果是一个吝啬鬼的代名词，或者象征，多少承载了不该承载的东西，它是无辜的，是替罪羊。不过醋栗确实给人留下又酸又硬的记忆，仿佛那些尚未成熟的青杏、李子和毛桃。

后来才知，好奇多年的醋栗原来就在身边。醋栗这样文雅的名字我们并不去叫，只叫它酸瓢儿。土里土气外，有一点亲切。

小学时候，上学放学经常路过的几户人家，都有一个小菜园。菜园靠近大路，园墙由石头砌成，进出的园门由乱树枝编成。说菜园，也不尽然，因为菜园里又时常种些花草。高原人家，又在深山，园里的花木不过是野罂粟、金莲花之类，或者加几丛萱草，两株大黄。如果栽些花灌木，多是香荚蒾、刺玫、榆叶梅和醋栗。香荚蒾开花早，荒寒中一树浅紫忽然盛放，浓香袭人。榆叶梅的繁花裹住枝子，我们总是将榆叶梅叫碧桃，而真正的碧桃从未见过。红刺玫枝条长有细刺，又容易生些小虫子，枝子被虫网层层包裹，小孩子避而远之。醋栗的叶子能吃，酸，多汁，小孩子来来去去，免不了凑近摘些叶子来嚼。

醋栗树总是墨绿膨大的一团，枝条高过园墙，一些枝条垂到墙外来。小叶子密集簇生，手一伸，可捋一把下来，也不用挑拣，捏了就吃。叶子的那种酸在舌尖上，蹦蹦跳跳，带一些清凉，让人喜悦。醋栗暗红色的嫩枝也可以吃，但连着老枝，折起来麻烦，小孩子们便不大吃嫩枝。有时候，看到主人家院门紧闭，小孩子们会站在醋栗树下，将头探进枝条，挑拣一番。醋栗叶子小小的，叶梗长，叶脉清晰。现在想起来，有点像蜀葵的叶子，但小，颜色也比蜀葵叶子深浓，是那种能洇出往事的绿。

醋栗结出果子来，像小灯笼。薄薄的果皮黄绿色，光亮透明，几条维管束分明可见，感觉一条小虫子钻进果肉，也可以看到它东游西荡。记不起是不是采过那些果子。醋栗成熟时，山林里的野果也已成熟。莚子蔍、灰栒子、扁刺蔷薇、小叶蔷薇、悬钩子、西藏沙棘，还有东方草莓，都是摘来就能吃的美味。一放学，我们就钻进山林，一边往家走，一边寻寻觅觅摘野果子吃。野果吃得多，晚饭便忘到脑后，回到家，暮色已四合，母亲沉着脸。如此每日盘桓山林，路旁成熟的醋栗散发怎样的芬芳，自然不知晓。

那时候是吃过几次醋栗的，什么味道，也已忘记。总归不是甜香的那一种，可能带点酸，带点涩，带点岁月无须回首的浅浅淡淡。

多年后见过几次醋栗，都是深红色，有点像红樱桃。但红樱桃的颜色始终是含蓄的，不出声，端庄稳重，醋栗红色的果皮下似有一汪清水，它是明快的，无忧无虑。

　　　　　　　　　　　　　　　　群山奔涌

伯劳

棕背伯劳站在珍珠梅高出的一枝上，不停歇地聒噪，仿佛南方的蝉。有一次，在苏州山塘街的水边，我听到一种蝉叫，声音异乎寻常地大，以为那是一只鸟。跑前跑后去找，没见到，朋友解释那是一种不寻常的蝉。不寻常的蝉，应该有某种鸟大，起码跟麻雀差不多，才配得起那么大的声音，我因此记住了苏州那种未曾碰面的蝉。蝉鸣是因为腹部有鼓膜，声音再大，持续时间再长，也感觉不到费力。棕背伯劳一直叫，音域窄，发音频率高，天光下，张开的小嘴巴来不及闭合。我仰头看几分钟，替它憋一股气，喘不过来，便坐在石头上大口呼吸。

郝懿行形容伯劳，说"其飞纵纵，其鸣鹦鹦"，鹦鹦，容易理解，伯劳的叫声。古人称伯劳为鹦，自然以声得名。但鹦这个名字不顺口，东飞鹦西飞燕，不如东飞伯劳西飞燕好听。其飞纵纵，理解起来有些麻烦。伯劳非椋鸟非麻雀，不喜欢拉帮结派，自然不会鸟飞千白点，日没半轮红，至于飞得快、猛、准，请问哪只鸟不是有方向而快速地飞。伯劳"句句句"地叫，有人说其叫声充满不快之感，恶鸟的名声，此乃原因之一。又有传说，认为伯劳是周宣王时大臣尹吉甫的孝子伯奇魂魄所化。尹吉甫听信继室谗言，误杀前妻之子伯奇，后悟，哀痛不已，一次外出，见一只从未见过的鸟站在树枝上悲鸣不已，尹吉甫心动，认为它可能是伯奇所化，于是说："是吾子，栖吾舆；非吾子，飞勿居。"那鸟果然飞来停在他的车上，跟回家。鸟为魂魄所化，民间便认为"伯奇所鸣之家，必有尸"，认为不祥。至于7月鸣鹦，说伯劳阴历五月开始叫，阴历五月阴气始动，是为"贼害"。伯劳因此成为"贼害之鸟"的说法，感觉更为不妥，五月开始叫的鸟多了去，难不成都是恶鸟。

所谓欲加之罪，何患无辞，从一只小小伯劳鸟的身上，就能看出人的胡搅蛮缠。好在后来曹植为其恢复名声，伯劳若知，当感恩才是。

不过伯劳确有一种看起来比较邪恶的技能。伯劳喜欢吃昆虫、蛇蛙之类，它抓到蛇抓到老鼠，不会活吞，不会摔到地面，而是先戳到树枝上，一点点，血淋淋地将其撕扯。有时受惊吓飞走，尸体扔在原地，被风干。若来年树枝重新发芽开花，尸体还挂在那里，看上去颇为诡异。"鸮鸣其上，蛇盘不动"，这并不真实。事实是，伯劳逮了蛇，将其钉在荆棘上，使其不动。

中国花鸟画里的鸟，要么是仙鹤喜鹊之类预示祥瑞，要么是尾羽修长的孔雀寿带之类，要么是雉鸡鸳鸯色彩艳丽，要么是鹰鹭翠鸟戴胜之类某部位夸大突出。平凡的鸟自然有，麻雀燕子，大鹅野鸭，它们一到画中，便会以某种审美意向取悦于人。归根究底，生活与艺术始终不是一回事。宋之后，伯劳也渐渐出现在这样的画作中。看画上的伯劳，和树枝上的伯劳不一样。艺术作品里的伯劳，与意境结合在一起，是意境的一部分，如果剥离了意境，它便是孤单的，不完整。树枝上的伯劳，光着膀子露出胸，原生态，珍珠梅换作新疆杨，午后换作日暮，它还是它。它的背景反过来以它为背景，离开它，便显得僵硬。不过不管是哪里的伯劳，看上去，与邪恶没有任何关系。如果非要说有，也不过是目光更凌厉些，嘴巴有点像鹰隼，爪子强健，脚趾有利钩。

也许是午后过于安宁，伯劳无波动的聒噪让夏天更显慵懒。夏天就应该这样，风早已扬长而去，阳光棉袄一样堆在地上，蜻蜓们一声不出，小蝇子在空中集体巡游，暴马丁香的花已谢，莴草结出淡黄色颖果，一条有鳞的小鱼跃出水面，另一条睡在水面上。时间愈来愈远，事物因而变得模糊，人们都在昏昏欲睡，记忆里的身影越来越单薄，伯劳就在梦境边缘，扯着嗓门叫啊叫。

白桦

　　站在裸露青色岩石的陡峭山坡，拨开纷披杂草，我扭头努力北望。我以为会望见遥远北方寒凉辽阔的俄罗斯，望见猎人、野禽和林中木屋，以及滚烫茶炊。但是不能。努力探看的结果使我感觉自身如同爬虫卑微。我的眼前依旧是青藏高原宽广无际的蓝天和层叠绵延的幽微群山，反射蓝光的积雪依旧挂在 7 月峰顶，山谷夏季风送来清凉和草药芬芳。如同羽翼伸展的俄罗斯原野，在我的目光之外绵延：矢车菊和铃兰刚刚开放，葱茏的黑麦田泛着涟漪，湖边灌丛里到处是红草莓和蘑菇，高大橡树和榛树黑黝黝矗立，它们宽广多结的树枝在高空有着清晰轮廓，苍鹰和红隼飞翔不止，树底下红褐色的松鼠和雪兔机警敏锐。转个背，白桦林在俄罗斯 9 月的阳光下发出白丝绸般的柔和光泽，午后诡秘的牛毛细雨洒下来，整个白桦林潇潇不已……弥漫紫色云雾的草原和白桦林，它们长时间沉浸在黄昏的金色光晕和清晨的寒冷中，并长久茂盛在我的想象中。朦胧向往，以至让我的思绪整日笼罩一层冬日阳光般的怅惘，仿佛我曾经真的漫步那一片白桦林中，抚摸白桦树光滑细腻的树干，谛听白桦树叶的絮语，而今却远离，只留下缕缕牵绊。

　　翻遍家中零散的几本书，书页里无处不是俄罗斯白桦散发的清芬。春天的早晨，寒鸦在白桦林里苏醒过来；夏天，白桦树的阴凉下是潮湿馨香的空气；冬天的白桦枝在厚雪的压迫下垂到地面，形成雕花的拱门；秋天，那是白桦蜕变成蝶的时刻，金黄的桦树叶如同浓墨重彩的油画。少年的光阴在几页重复的阅读中踮着脚尖走远，它的灰色大氅扫着高原的林木流水。夜晚，从密集排列的文字中抬起头，我看见高原黑蓝夜幕上缀着寓意隐秘的星座图案，仙女、牧马、射手……精致图案，闪烁不定的清辉，我如此逼近它们，仿佛它们并不是来自遥远宇宙，而只是来自北方那片清朗的白桦林。

没有更多可以阅读的书籍，我便穿越幽深茂密的森林，给守林的邻居老人送去简单粗糙的饭食。林间遍布高大云杉，它们的枝叶交织出另一层天幕：墨绿、厚重、阴沉，它们是这森林的主人。但老人告诉我，这森林最初的主人是白桦。白桦生在山洼，先是猛长，成林，然后懈怠，放慢速度，耐荫的云杉乘机而入，持续生长，以至覆盖白桦，夺取阳光。现在，我看见白桦长在云杉的阴影里，争不到一缕阳光，如同一些退居下来的老人，羸弱，隐忍时光。它的周边是纠结的灌木，金露梅、野蔷薇、沙棘，低矮杂乱。蜿蜒的林间小道野草茂盛，棕色的朽叶下面探出山花和蘑菇。鸟声沉闷。林间寂静又喧响。我听出来自叶脉、根系、土壤和爬虫纤细脚底的水分的流动声音。

白色桦木搭建的木屋，幽暗、逼仄、潮湿，漫溢树木清香。它的内层墙壁已成烟火色，表面布满疤痕。生锈铁钉悬挂起简单生活用具：漆面斑驳的搪瓷缸，鞭麻锅刷，破旧毛巾，粗黑牛毛绳，桦树皮缝制的小筒里插着筷子和铁勺。搁起的木板上放着煤油灯盏，棉絮捻出的灯芯又粗又大，小罐菜籽油和粗盐，有着豁口的白色粗瓷大碗，它的釉面在杂乱阴暗的角落发出微光。在树根截成的矮凳上，可以看见停滞的生命脉络。夜晚，老人用干燥起皱的白桦树皮引火，灶内火光将木屋映衬得昏黄温暖。毕剥声中煮茶。佐以白桦清冽的芳香、马匪、狼、旱獭和月熊的故事。山风袭来，松涛起伏，夜鸟啼叫，河水奔腾，木屋犹如悬挂树梢。我瞅着窄窄一扇白桦木门板，仿佛看见门外蹲踞的黑色鬼怪。老人握着茶缸，在灯影里转个身，那一刻他的眼神无比慈爱：到了冬天，晚上在白桦树干上开个洞，第二天白桦汁会结成棒冰，拿了舔着吃，又香又甜。于是我在童年的想象中开始微笑。

香蕈、青稞与披碱草

在贵南县的大地上行走多时，忽见青稞，想惊呼一声，又觉不好意思。你看青稞们那样安然，无任何不经世面的小家子气，人只好也表现得矜持一点。手伸出去，捏捏青稞穗头，摸摸叶子，弯下腰，45度仰望麦芒披拂的天空。天公真讲义气，将一两朵白云弹到山巅，只留下钻蓝高空，让阳光彻照。大地上，阳光与麦芒相辅相成，彼此成就，似乎阳光就是麦芒发出的，又似乎阳光的样子就是一束束麦芒。因为是实验田，300多种青稞列队站在一起，你瞧不起我，我瞧不起你，几乎有嗤笑和不屑的声音发出。我的记忆过早衰退，记不住它们的名字，只好以颜色和茎秆的高低来区分。

紫青稞是名副其实的紫色，如果磨成面粉，想必也是淡紫的，有先天的高贵。青稞一旦无芒，光头起来，多少显得滑稽，仿佛夜来一窝精灵，折了麦芒扛到远方去售，却将籽粒遗忘在穗子上。有一种青稞尚未成熟，茎叶穗头已呈黄色，一派少年老成气象，不知它们的心思是否也简化到零。另有一种青稞，都到处暑时节了，它们还一派青葱，仿佛不愿老去。黑饲麦个子极高，瘦，笔直地生长，不苟言笑，阳光都照不亮它，墨绿。黑饲麦饲养出的牲畜，会不会也很严肃呢，让人忧虑。

青稞穗子都是六棱。六棱这件事情可不一般，我小时候与青稞一起成长，熟悉它们各个阶段的琐事。那时的青稞穗子多四棱，如果青稞田里出现几枚六棱青稞，鹤立鸡群，一眼就能看见。六棱青稞的穗子更具几何形体，籽粒挤得密实，麦芒四溅，气势逼人，我们喜欢挑六棱青稞拿回家用火烤了吃。那时熟悉的青稞品种似乎只有白浪散和肚里黄，六棱青稞叫什么不清楚，我们只称呼它为六棱。现在，眼前全是六棱青稞，找一枚四棱青稞来感怀叹惋一下都办不到。而时过境迁，眼前的六棱青稞也不是当年的模样了，它们的穗子修长，在阳光下有礼貌地低着头，自信而谦逊。

慢慢走，一时风过，万千穗头缓缓起伏，手伸出去，抚摸它们，仿佛抚摸猫科动物行走时的脊背，温暖厚实，觉得亲切。

车子一路行驶，满眼都是青稞。低矮群山退至远处，初秋的高天下，唯有成千上万的青稞摇曳，成千上万的麦芒反射阳光，成千上万的籽粒忙着灌浆。小云雀三三两两，自青稞田飞起，不出声。麻雀偶尔聚集，鹰隼总是单独行动。路边的羊，将头塞进崖坎上的土坑里吃土，使人思及小镇马孔多的少女丽贝卡。大青马喷一下响鼻，牛群目送我们远去。

此处曾是几度兴衰的青稞种植基地，员工来了又去，去了又回，好在终于坚持下来，柳暗花明。翻新晒场，重建仓库、购买机械；实验、借鉴、推广；机械化、智能化、高效化……再也不是当年我熟悉的那一亩三分地的青稞了，不需要手扶犁把，不需要蹲下身用铲子一棵一棵除草，不需要手握镰刀，汗如雨下，也不需要天色未明便赶去打碾场，风雪裹面。几十万亩的青稞生长在草原上，那几乎是青稞的海洋，之外还有油菜，还有牧草。

披碱草也不再是当年的披碱草了。当年我去山上割草，喜欢割叶子嫩一些的草回家，以为牛爱吃。那些草总是和柴胡长在一起，浸透了药香。鲜绿多汁的草割回来，放进木槽，牛嗅一嗅，歪过头，拒绝进食。那时披碱草多在干燥河滩，个子高挑，蓝紫色穗子微微弯下。我不愿割披碱草回家，觉得它干硬，茎叶缺少水分，牛不喜欢。那时披碱草的唯一作用是当细绳用，摘了野花，拔了醉马草，需要用绳子扎住时，便抽几根披碱草来捆缚。眼前的披碱草已正式作为牧草，在草原上生长，规模盛大。穿行其间，它们将褐色的细瘦种子藏进我的袜筒，要求我带走。一如多年前的我，它们也有着远走他乡的愿望。

翌日，日光烨烨，在露水湿重的青稞地边，遇见异常蓬勃的香薷。它们正在开花，穗状花序掩映在青稞的光影里，呈现出深邃的幽蓝。它们茎叶翠绿，仿佛春天才来，它们散发的清芬，一如薄荷，浓郁、持久。

弯腰折几枚青稞，欲要带回家，晒干，插瓶。回家也未必会真拿它做清供，不过是眼前这青稞实在诱人，欲罢不能：收获的感觉，人生能有几次。青稞茎秆多节，弯腰，伸手下去，摸到节，"咔嚓"，一枝青稞在手。仿佛屠戮，却又欣喜，夭折的青稞在怀，觉得心安。再采几枝香薷，与青稞搭在一起。我们的向导，一位来自青稞种植基地的男子，接过青稞和香薷，抽几枝披碱草做绳，一圈一圈扎起。这件事我在少年时期就已做得熟练，此刻，我只是看着，看一个肤色古铜的男子，蹲在地边，小心翼翼，却又笨手笨脚地，将香薷、青稞和披碱草做成花束。

小鸮

此刻是如此美妙的黄昏。写下这句，忽然想起普里什文的《大自然的日历》。绝无模仿之意，绝无抄袭，此刻的黄昏，除去"美妙"二字，是真的再无其他词语更为传神。大自然虽然千疮百孔，但也有历久弥新的时刻，以及，从未被破坏的局部。现在，呈现在我眼前的这个黄昏，便是这样的局部，这样的时刻，不可复制，绝无仅有。

纵纹腹小鸮蹲在青杨树枝上，不出声。树不大，没有沧桑面容，即便风过，树也静悄悄的，仿佛酣睡。树后面的黛色山脉横贯眼际，一直向东西方向延伸。在远处，山峰化为龙化为云，皆有可能。山坡上植物的生长存有鲜明界限，高处是以头花杜鹃和陇蜀杜鹃为主的灌丛，绵密厚实。如果是早些时候，花开出来，淡紫粉白，各自为阵。山坳黑黝黝的，是云杉林。云杉生长多年，松塔针叶铺地，毛虫来去，护林员说，林中有马鹿和麝，还有狼。马鹿和麝走过林子，姿态娴雅，狼总有些吓人。靠近山脚，是退耕还林的荒草地，悬钩子偶尔两三丛，东方草莓正挑出浆果。尽管有十几米远，我还是确定，那是一只纵纹腹小鸮无疑。那毛茸茸椭圆形一团，绝不会是一个粗糙鸟窝，也不可能是松鸦山鸡。有些鸟可以凭感觉辨认，就像有些人看一眼便知是否良善。

如若是其他的鸟，我坐在原地，用望远镜看看就已足够，但眼前的小鸮，我必得一步一步靠近，必得将每一个细节都看清楚，不仅如此，还需让小鸮瞥见我，对我有些表情达意的反应才好。青春少年追星，也莫过如此。有感应一般，小鸮从远处就看见了我，表

群山奔涌

现得有些不屑，半闭着眼，傲骄，爱理不理。䳭族们最让人神魂颠倒的，就是那半睁半闭的眼睛，以及，睁一只眼闭一只眼的难得糊涂。毫无疑问，小䳭的眼睛依旧是两张光盘，黑色圆心，金色环绕，里面储存的，全是莫扎特那一代的古典。此时天地无风，云却在移动，太阳光自云层缝隙斜射而下，时明时暗。树叶肯定将影子抛到小䳭身上，可是一点都看不出。小䳭沙褐色的上体原本布满白色斑点，棕白色腹部又有些褐色纵纹，这样，便是在树叶的阴影中，感觉太阳光还是将斑点洒在它身上。仿佛太阳也是它的粉丝。

拿捏不准距离的限度，近前几步，又停下来。与山雀和耗子相比，我自然是庞然大物，小䳭虽然依旧傲娇，神情却有了变化。它将两条浅色平眉上扬，眉心紧皱，两眼圆睁，我明知那是警惕，但看上去，倒像一个小孩在扮唬人的鬼脸。过分了，我想。这世上有什么宝物要我捧在手心，除了它，不会有其他。小䳭仿佛懂我心思，接着便将那经典的扭头动作表演一番。小䳭头大，圆，头在身子上左右平移时，身体保持不动，看上去，像是新疆舞里的动脖子。䳭族们扭头是一项技术活，能转动270度，脖子里仿佛装了个转轴，有时候，它对你是侧目还是正眼你都不清楚。

小䳭面前，我是正宗的花痴。毫无顾忌地，我将自己的欣喜表现出来，啧啧有声。猫科动物我都喜欢，雪豹行走高山，花猫酣睡沙发，老虎步出密林，猫头鹰的眼睛在夜晚闪啊闪——很遗憾，猫头鹰既不是猫科也不是鹰科，它另立门户，仿佛在取笑那个给它拿捏名称的人不过是个词穷的"傻帽"。然而它还是要离我而去。它起身，蹬起穿着毛裤的腿，翅膀一伸，起伏着，向坡下飞去。

目送是如此无奈的事情，无能为力，无计可施。留恋如果是单方面的一厢情愿，尤其难以释然。后来的时日，每当回忆，那个黄昏竟是那样迷人：夕阳落在山巅，溪水潺潺，青稞抽穗，小云雀在那里高高低低地叫，峨眉蔷薇开出最后一朵花，树荫里，纵纹腹小鸮扭啊扭。

大黄

　　大黄别名将军。陶弘景说，将军之号，当取其骏快。大黄叶大如扇，心形。粗壮肉质茎，叶柄中空。长得有声势，常常覆盖了身边其他弱小植物，在小园子里有一种飞扬跋扈的劲道。在小孩子看去，大黄的叶子仿佛大象的笨耳朵，一只一只扇动，尽传播私密。也许是大黄叶子的大大咧咧，不求细节，于是成了植物里的下品，招人侧目。

　　只是孩子们不懂得嫌弃。炎热夏季，阳光肆意照射，光线里全是亮晃晃的白。高原上偶尔也有无可躲避的暑热。孩子们摘了大黄的叶子，顶在头上嬉戏。一片叶子成为他们想象中的大伞，有着华丽的伞盖和流苏。流苏垂下来，高贵又骄矜，孩子因此成为山野的王。我想孩子们的愉悦因丰富想象，超越清贫寂静。大人们丢失热烈幻想，看透边缘，计较意义，反而不如孩童愉悦。

　　大黄的叶子在高原植物中是属于叶型较大者。高原固有的寒冷、缺氧、强紫外线，使得一切植物的生长有别于同纬度的其他地区，生命在这里显示出柔弱无力的一面，又显示出倔强剽悍的一面。稀缺，抗衡，这使我格外尊敬那些生长在高原的植物。

　　我一直以为大黄是没人专门去种植的。有几年它在菜园子的角落里撑出大的叶片来，过几年没了，再过一两年，它又在那里出现。仿佛流浪者，不肯将一个院子当故乡。我在年轻的时候向往流浪生活，现在却想着缩回到一个固定的屋子里，再不出来。因此我觉得大黄终究是年轻的植物，不会老去。

　　那是爷爷病逝前的一个秋天。高原的风走在水上，也走在云上，山前的松林传出些涛声，大雁越过祁连山。我坐在青石的台阶上，与一院落的阳光相顾无言。然而阳光要比我活泼，它走走停停，摸摸捏捏，带着些悠闲的味道。我看着它最先在屋檐一朵盛开的翠菊上明媚。那朵紫色的翠菊去年就在那里摇曳，似乎不曾有过萎谢。然后挪到檐下的柱子上。"春雨丝丝润万物，红梅点点绣千山"，旧年的对联。我并没有见过红梅的模样，它只在电影里出现，一树悦然，我因此对红梅充满幻想。后来阳光便照到爷爷身上，那个沉默寡言的老人正在用镰刀将大黄削成薄片。粗糙僵硬的手指，闪烁亮光的刀刃，刚刚挖出的大黄块茎，专注神情，静谧。我担心下一刻那刀刃会偏锋割在爷爷手上。削出的大黄薄片被爷爷串在铁丝上，挂起来，仿佛给柱子戴上了金黄的项圈。我于是扭了脖子，看这个院落。马车外带、筛子、旧书包、罂粟种子、塞着油的猪尿脬……它们挂在那里，如同挂在一个古老人物的身体上，成为他的饰物。仰头，我看见树杈间的喜鹊窝、太阳、云朵……它们又成为天空的饰物。我看着爷爷瘦而高的身躯，看着他紫红的脸颊，看着他青筋暴起的手背，想，爷爷也是个饰物，我也同样，我们如同眼前穿起的大黄薄片。

只是我有些迷糊，我不知道我和爷爷是时间的饰物，还是大地的饰物。

群山奔涌

莛子藨

　　我想说我见过最美的果子。那是秋季，草木枯黄，阳光踥蹀在一面山坡。羊群在山坡散开，牛群也已散开，那是午后，雀鹰一直没有出现，远处山峰覆盖白雪。我坐在山坡，无所事事的时候，看见草丛里一只蚂蚱，正聚集起最后的力量，准备跳跃。它的身体带些莫名的萧瑟，蚂蚱一定预知到某种信息，心存不甘，试图与季节对抗。蚂蚱的最后一跳匆促短暂，仿佛一个垂暮之人干瘪胸部的起伏，只那么鼓起一次然后落下。落下的蚂蚱停止不动，甚至看不出触须任何细微的颤动，似乎已经永远地歇息下去。蚂蚱停在一枚果子下面。那是一种叫不上名字的浆果。圆，樱桃核大小，鲜红，果皮薄而细腻，反射亮光。果子挂在直立的细茎上，寂静，却妖娆。我低头，看到在枯草的背景上，一枚小小的果子无限丰饶，正试图遮去那个秋天无可挽回的衰败之象。

　　蚂蚱的最后一跃，一定是朝那枚小果子而去。我这样想，摘下那枚果子，入口的瞬间，同时入口一点深秋的阳光，一缕植物芬芳。

　　多年后查找那株植物，终于知道那是卷叶黄精。一种叶尖烫了一般始终卷起的植物，开淡紫色筒状小花，俯垂，像小小铃铛，感觉风过时便会叮咚作响。看图上照片，一株卷叶黄精能结出十几枚果子，想必少时所见那株，小果子已经纷纷掉落，只剩下那最后一枚，等我看见。

　　比卷叶黄精稍早，南山林下阴湿处会有一种名叫棉蛋的植物结出果子。圆形，顶尖微微凸起，簇生，未成熟时淡绿色，吃起来有种怪味。浆果成熟，变成乳白色，果肉绵软，碰触时若用力过猛，果皮即破。熟透的棉蛋虽然还留有青涩时的怪味，但甜味增多，吃起来又具一种风味。

林中棉蛋不多，偶尔会遇见一株。早春若遇见，便牢牢记住所在位置，等到秋天，再去。林中鸟雀似乎对那白而胖的小浆果不感兴趣，每年都有收获。果子须现摘现吃，若想藏几枚，回家时果肉总是被衣服口袋揉搓得稀烂。

有一年我从林中挖一株棉蛋回家，移栽到自己认为土壤肥沃的花园一角，靠近一株李子树，让树枝给它遮阴。悉心照料，棉蛋也不负人，第二年便结出两三枚果子。果子少是少了一点，总归是看着长大变熟的果子，不忍心一口吞下，吃时细嚼慢咽，算是一番品尝。可惜那株棉蛋在花园只生活了两年，后来被母亲以野草的名义革除。

多年后我同样查找棉蛋的学名，原来叫莛子藨，仿佛魏晋时期的一个人名。忍冬科的一种，多年生草本，大叶子深裂，开一种不太好看的漏斗状小花。莛子藨多别名：白果七、鸡爪七、白莓子、四大天王等，棉蛋是其中一种。除莛子藨之外，我喜欢四大天王这个名字，霸气，但不知因何如此称呼。

今年中秋节在桦树林再次相遇几株莛子藨，颇有"与予同是识翁人"之感。许是土质不同，这几株莛子藨结出的果子小，颜色稍稍泛黄，仿佛患着某种病症。摘一枚吃，当年的怪味依旧，却少了些许甘甜。当年的莛子藨还是值得怀念的，尤其是我移植到花园来的那株，但这次当我重新面对莛子藨，移栽的念头再也没有发生。原来人早已不是当初的那个。

藏獒

看见藏獒是霜降这一天。这时早晚的气温已降到零下，白天虽然晴朗，但阳光似乎刚从冰水中捞出，清冷。在大街上走，道旁毛白杨的叶子掉下来，胡蹦乱跳。这些叶子尚未金黄，叶脉突起，仿佛青筋暴涨。抬头，天空中两三只乌鸦匆匆飞过，依稀能看出黑中带蓝的翅膀。

这样的秋天里，我看到藏獒。起先我看见的是铁框子里的小藏獒，四五只蜷在一起，它们将小嘴巴塞在彼此的肚子下，眨巴着眼。从远处看，框子里仿佛一堆黑中带金的劣质毛绒玩具，而且已经被人玩旧。细瞧，却见得那些眼睛滴溜溜，玻璃弹珠一样明亮。这样的眼睛适合对视，所谓看千遍也不厌倦。小孩子的眼睛也可以长久对视，因为里面没什么。但是人一长大就糟糕，眼睛里全是东西。小藏獒挤在一起，看上去是在彼此取暖，小爪子却踩着冷风。后来，我看到三只大藏獒仿佛一座小山，卧在铁框子旁边的槐树下，脖颈上拴着绳索。绳索的另一头捏在看不见表情的男人手中。如果没有绳索，藏獒在那里，像米高梅电影公司标志里那头叫 Leo 的狮子。

说起狮子，它们中间的一只，棕黄色的毛，铁锈红的脸孔，真正像落难的狮王，眼神深邃又忧伤。旁边一只黑色，典型的地包金，曾经的桀骜犹存。另一只，却是雪獒。浑身白，不着一点杂色。它的个头似乎有小牛犊那样大，也是沉静面容，带些威仪。

走过去，我想象在这汽车隆隆、脚步纷沓的街头，三只大藏獒突然挣脱绳索，夺路，披着它们王者一样的鬃毛，向着想要去的地方奔跑。而它们身后，高草从水泥的大街上长出来，楼层变成树木，路灯成为浆果，行人蹦跳跃着，是小小的蝈蝈。

如此天高风急，落木萧萧。

扭头，它们还在那里，没有声息。它们为什么不跑？

老无所依。

前几天看电影《老无所依》，看得有些糊涂，仿佛钻进灌木丛，找不到头绪。等到从灌木丛走出来，眼前又一片大漠苍黄。对片子而言，"老无所依"这名字显然文不对题，但对调。

我想街头的藏獒，如若它们有心绪，该是和我看完电影后的心情相似。要说藏獒真正老无所依，也未必。电影原来的英文标题出自叶芝的诗歌《航向拜占庭》，如果翻译得再准确一点，意思大致是"人心不古"。

九月菊

天走远的时候，风已经冰凉。

凉了的风在水上，在奔跑的物体上。人在阳光里停驻，感觉到手背上的风也生了"嗖嗖"响的翅膀。风有了劲道，也有了目标。风是学着朝人最柔软的心里刮来，带了阴沉的脸。可是阳光依旧温暖。阳光的黄衫显然薄了一些，不过脊梁笔直，阳光的步伐也齐整，没有丝毫凌乱。

人去阳光里移动，碰碎一团菊花清香。这已经是晚秋天气。

老人们一直叫它九月菊，想必它就是九月菊了。花朵的绽放显然很努力，可是花盘只有铜钱大小，细细的管状花瓣簇拥一起，潜藏秩序。浅黄的花苞开出淡紫的花瓣，仿佛一个小小的魔术。叶子在低处不声不响，细看，绿叶竟都带些淡红。

在九月菊之前，翠菊开始绽放。翠菊的花瓣还没伸展，霜已经浓重。大丽菊也已开过，可是大丽菊低垂着丰腴的面庞，不堪重负的模样。日渐凛冽的高原，远处山顶早有了雪的痕迹。羊牛已经下山。经幡在风里发出"啪啪"声响。田野金黄，青稞、油菜、燕麦，还有青杨。风霜肃杀下的高原，此时九月菊是唯一精神抖擞的花朵。它的花香有着浓郁的草药味道，凑近鼻子一遍遍去嗅，会嗅出花瓣上太阳的芬芳。

爷爷即将离世，这是一件无可奈何的事情，这也是发生在秋天的事情，顺应四季不变的规律。阳光一直洒到庭院深处的青石台阶上，石板温热，花香四溢，它们来自花园里大丛大丛的九月菊。霜在很早的时候已经降下，霜气杀枯了院里的杂花乱树，只有九月菊绽放在寒冷的风中。午后时分，山水缄默，寂静和清风填满空阔。爷爷盖着棉被，大声喘息，因为心肺功能衰竭，爷爷的脸成为酱紫色。爷爷身旁的木格窗户糊着白纸，阳光斜过来，纸上树影摇曳。有人让我去隔壁家拿些柏香过来，我哽咽着跑出屋子，拐过庭院准备出门时，一脚踩在散落的草茎上一个趔趄栽倒，在我扶着花园墙站起的时候，瞥见园里的九月菊是那般镇定淡漠。我想着爷爷再不能蹲身大雪降临前的花园，挥着镰刀去割九月菊零乱的植株，于是大哭。

神灵的声音

猫头鹰的地位因何一落千丈，最终成为恶鸟，这是一个让人发生兴趣的问题。显而易见，史前文化中，鸱鸮是一只被崇拜的神鸟：红山文化出土的玉雕鸱鸮，陕西华县出土的仰韶文化陶鸮面，柳湾齐家文化出土的鸮面陶罐……到殷商时期，鸮依旧被崇拜，这从安阳殷墟侯家庄大墓出土的大理石雕鸱鸮，妇好墓出土的青铜鸮尊可以看出。鸱鸮作为神鸟，远远早于凤凰。

2014年3月，在北京，听叶舒宪讲《中国文化的大传统与小传统》时，我曾记住他的一个看法：《诗经·商颂·玄鸟》所歌颂的商代始祖诞生之"天命玄鸟"叙事，自从被汉儒郑玄解说成"燕子"以来，虽成为经学解释的权威观点，但得不到证实也得不到证伪。如今，有殷商王者和王后级别的墓葬同时给出的神圣鸱鸮异常精美的实物形象，玄鸟为何鸟的千古争议大体可以暂告平息。叶教授说："玄"字有黑色之义，也有旋转之义。鸱鸮的眼球能够飞速旋转，是这种夜间猛禽给人留下的强烈视觉印象。古希腊人能够以猫头鹰为智慧女神雅典娜的象征，华夏先民当然也可以将玄鸟那自由旋转的大眼睛，视为非凡智慧与生命能量的表征。

在幼年，我经常在夜晚听见雕鸮啼叫，雕鸮的叫声仿佛是魔兽在黑暗悬崖上发出鼻音极重的"哼——哼——"声，但是真正活动的雕鸮我从未遇见过。长耳鸮倒是见过一次，只是那次碰面过于仓促，未曾注意它的眼球是否能够快速转动。与纵纹腹小鸮的碰面同样仓促，同样没能看清眼球的转动。查资料，都说猫头鹰的眼球不能转动。猫头鹰若要观察周围环境，会快速转动头部，它的头部能转动 270 度，是鸟类中脖子最为灵活的种类之一。如此看去，史前先民将鸱鸮作为神鸟，也许与鸱鸮眼球转动不转动并无多大关系。

到了周代，似乎是"凤鸣岐山"神话的开始兴起，人们的鸱鸮崇拜开始冷落。这从那首《豳风·鸱鸮》中也能看出一丝端倪：

鸱鸮鸱鸮，既取我子，无毁我室。恩斯勤斯，鬻子之闵斯。
迨天之未阴雨，彻彼桑土，绸缪牖户。今女下民，或敢侮予？
予手拮据，予所捋荼。予所蓄租，予口卒瘏，曰予未有室家。
予羽谯谯，予尾翛翛，予室翘翘。风雨所漂摇，予维音哓哓！

朝代更替，凤凰最终取代鸱鸮。难怪有人说，周取代商朝政权以后，也对商朝的一个重要文化符号——鸮的崇拜进行了瓦解，以至于汉朝时，人们竟然把鸱鸮当成了"恶鸟"。如此推算，鸱鸮由神鸟转化为不吉利的死亡之鸟，全是周朝搞破坏的结果。

可是这与真正的鸱鸮有何关系？

想象周朝之前那些猫头鹰从容出行的夜晚——大如车轮的太阳总是很早就滑下山坡，绚丽彩霞变幻万端，清风长贯，大鹿隐去身形，长庚星总在暮色来临前出现。炊烟四起，这是柴火燃烧产生的青烟，淡灰中带点乳白，携带树木清芬。虽然食物已经很少烧烤，但收获猎物的傍晚，空气中依旧飘浮油脂滴落火中燃烧的焦香。这段时间总是走得仓促，陶罐内的热水尚未冷却，天色已经转暗，这个过程仿佛一只黑色大鸟伸展翅膀飞来。人们陆续回到屋内，那里，火烬尚未熄灭，如若有微风从门口经过，火星会瞬间变亮。一天的劳作已经结束，夜晚可以尽情安眠。一切自有安排，预先烦恼，或者提前设计，都不必要，事情如若要来，会千方百计到来，事情要去，自会断然离去。事情与人，有时牵连，有时井然分明。

那些夜晚有时漆黑，除去天空繁星，大地上似乎再无任何事物，只有黑是一种稠密液体，流动，甚至汹涌。有时，月光彻夜明亮，大地上聚集的房屋、树木、河流、道路和山冈，它们依旧是白天的模样。也有时候，夜雨潇潇。无论何种情况，流水的声音一到夜晚就格外清晰，还有松涛，阵阵轰鸣。那些时候，猫头鹰的啼叫也夹杂其间。那些叫声，忽而悠远，忽而逼近，忽而萧疏，忽而稠密。

那是神灵的声音，它总在最黑暗的夜晚响起，然后在最脆弱的黎明消失。

离天最近的植物

　　门源老虎沟是荒漠猫出没的地方，之外还有雪豹、藏雪鸡、藏狐、马麝等动物，唯独没有老虎来去。

　　沿一条水势不大的河流向谷内行进。天气不好，河水有些浑浊，显然大山深处刚刚有雨过去。河流弯曲，渐行渐高，手机失去信号。到了海拔 3500 米左右的地方，植物开始稀疏。河谷多乱石，偶尔几丛金露梅。河谷两侧山脉高大，山体流沙与植物互相搏斗：流沙蹿下，植物顶着流沙一点点艰难上爬。山顶俱为峥嵘怪石，此时盛夏，山顶积雪消去，流水冲刷的沟槽分明。溪水自山间流下，细细小小，拐几个弯，汇入老虎沟河。

　　已是午后，自然不见荒漠猫。夜猫子喜欢昼伏夜出，生物钟与人类不同。人劳累一天，晚饭后就犯困，哈欠连天昏黑一晚，早晨还是无法神清气爽。猫科动物们最喜欢在太阳高照时睡觉，迷迷糊糊一觉睡到傍晚，太阳仿佛它们的安眠药。不见荒漠猫，也不遗憾，侧进一条沟岔，便往山坡上爬。

　　坡上无路，碎石堆叠，几只地山雀蹦来跳去，忙碌得不行。我只认识片麻岩和角闪岩，这些石片棱棱怒起，仿佛此处刚刚经过一场岩石间的搏斗，现在硝烟散尽，岩石们将自己呈放在山坡上，彼此盯视防范，却又无力为继，植物就势自岩石缝隙生长出来。没有树，仰头，崖顶几株黄花柳。柳矮小，崖高而陡峭，这样，几株柳看上去仿佛生长在天际。望而趋之，奈何乱石挡道，只好站在山腰四顾。然而视线迅速被对面山体截断，两山之间，一溪奔流，轰雷喷雪，势不可止。

群山奔涌

意外见到一株多刺绿绒蒿。花柱挺起，共十四五柱，大部分花已萎谢，余五朵花在柱头上。花瓣的蓝无法给出确切名称，有点像景泰蓝里糅入齐紫色，又是蓝又是紫，神秘超然。第一次见多刺绿绒蒿，自然惊喜，趴在石头上将其观察。花八瓣，再数，还是八瓣。叶子狭长，布满黄色细毛，花柱同样布满黄色细毛，用手去摸，原来细毛刺一般尖锐。凑近花瓣嗅，一点点清香似有似无。想用手捏捏花瓣，怕手指的粗糙揉皱花瓣，顿住。

隔几米，又见一朵。环视，方圆十几米，也只有三四株多刺绿绒蒿。全缘叶绿绒蒿多一些，可惜花期已过，只剩叶子和密布金黄色绒毛的子房。五脉绿绒蒿也在山坡上，小巧柔弱地躲进黑虎耳草之间。同样是花期，五脉绿绒蒿紫蒲色的花朵垂下，让人莫名怜爱。

到此时，我已见过三种绿绒蒿：全缘叶绿绒蒿、多刺绿绒蒿和五脉绿绒蒿。比较而言，全缘叶绿绒蒿是它们之中的高个子，花柱几乎一尺高，子房如罂，令人仰慕。多刺绿绒蒿的笔挺与一身锐刺让人敬畏。五脉绿绒蒿始终娉娉婷婷，豆蔻梢头。

绿绒蒿出生至长大需要几年，一朝开花结果，一生也便结束。命运如此不济，态度却如此决绝，到底是离天最近的植物，不卑不亢。选择不同角度，用手机分别拍下一株多刺绿绒蒿、一株全缘叶绿绒蒿和一株五脉绿绒蒿，心想这便是它们的此生此世。

发现雪豹足迹的流石滩上，许多歧穗大黄。大黄我熟悉，叶子蠢大，茎粗壮，村庄山野都能生长。曾见过一种掌叶大黄，在达坂山的灌丛里，茎奇高，哨兵似的挺立，穗状花小黄米一般，远观更像一团淡黄色薄雾。眼前这些歧穗大黄趴在石块上，无意往高处长，花从叶间探出，极勉强。又见唐古特红景天，有些开花，有些准备开花。开花真是植物们的一件大事情，庄重，有仪式感，"我有嘉宾，鼓瑟吹笙"。俯身探看流连，竟见到水母雪兔子。

20多年前见过一次雪莲，雪莲在冰缝里，尚未开花。那也是一个7月，海拔4000多米的山坡上，有人高原反应严重，退回山下，我坚持行进。那时没有手机，也无相机，我竭力用大脑留下小小一株雪莲在冰雪中的模样。可惜多年过去，那模样早被后来所见的雪莲照片覆盖，现在想起的，也未必是20多年前见到的那株雪莲。

水母雪兔子尚未开花。灰绿色叶子布满白色绒毛，叶片向下卷曲，宝塔似的堆成毛茸茸一团，似乎有小动物藏身其间。事实上真有小虫子生活在叶子底下，水母雪兔子不仅有保持植株核心温度的精巧构造，更有兼济天下的情怀。雪兔子珍贵，又如此呆萌，原本想用手摸摸叶片，感受一下绒毛的软硬，后来还是忍住。我这双尘世的手，还是不要胡乱碰触为好。

坐在石头上，风将头发吹乱，原来天气早已变化，云层黑而浓厚，仿佛藏了张张暴怒的脸，雨水即将来到。不知大雨浇灌时，这些流石上的小花小草如何经受。不过也无须我担忧，高寒处的植物，为了保暖，自有各种巧妙，譬如披一身绒毛，水母雪兔子这般。如果我长时间滞留此处，想必身上的绒毛也会渐渐密实。

桃儿七

最初知道有种植物叫桃儿七是在读古岳先生的《谁为人类忏悔》一书时。记得这个名字与其他几种植物并列一起，就是说它们生长在同一个地方。那几种植物我熟悉，独桃儿七陌生。好奇之余查资料，书中的桃儿七出乎我的想象，它更如一种热带植物：花大如莲，樱花粉，花瓣六，叶如大黄，深裂，花绽放时叶子反折，果实如桃，青涩时翠绿，一旦成熟则呈橘红色。

翻寻记忆，实在没有桃儿七的影踪。对我而言，高原上的桃儿七更像植物界的神秘人，有某种无法言说的魅力，魔笛一样将人诱惑。

2021年立秋日，午后时分，在北山国家公园浪士当沟，循涧水而行，往山坳深处走。时节虽已立秋，天地仍是夏日模样，树木葱郁，掠过的风携带草药芬芳。河谷多白桦，山坡阳面多为柏树，阴面多是青海云杉。白桦林中东方草莓已经熟透，赤豆大小，色深红。没人采摘，草莓自己一点点失去水分，准备成为草莓干。摘几枚来尝，原始的酸甜。防风还在开花，它的花期可长达一个夏季，几株囊吾举起松花黄的花穗，玲玲香青的白有点毛茸茸的可爱，偶尔一朵甘青老鹳草，它是我熟悉的花朵。金露梅、银露梅、红花岩生忍冬、甘青瑞香等灌木的花已谢去。涧水喧哗，乱石矗立水中。蹲在水边洗手，水清冷，澄碧，撩水花时稍稍发愣，想起童年水边嬉戏的情景，却又瞬间回过神来，昔日终究不再，回忆徒增惘然。

愈往山坳深处，景色愈幽寂，偶尔一两声鸟鸣，不见鸟的翅膀。小路崎岖，拐个弯，忽然一处桃源：一面山坡用木栅栏围起，栏内两三户人家，早年土木结构的屋子，木柴和牛粪堆在一边，割来的青草晾晒在木架上。坡上几株大树，树冠如穹庐，树龄约在百年以上，仿佛柯罗画作里的树木。树下青草茂密，阳光照在草穗子上，一片浅紫波动，看不清楚的蓝色花朵在树荫里。不闻鸡声人语，一只羊羔站在柏树下，一对大鹅摇晃身躯来回走动，一畦土豆花还未谢去。想去人家屋下看看，发现栅栏门用铁锁锁住。云杉枝挂在木栅栏上，几枚松塔如艺术品正在展出。

转身时见到栏内一株植物，叶柄自乱草中高高挺起，6片大叶子撑开，状如手掌，叶缘粗锯齿，不见绒毛，叶柄间两枚手雷似的果子垂下，果皮光滑细腻，色如翡翠。果子陌生，不知是浆果还是核果，叶子有些熟悉，一时恍惚，想不起以前到底见过没有。

栅栏挡住，不能靠前，只远远拍了照片，想找认识的人问问。

山坳深处，红桦树渐渐取代白桦。红桦姿态各异，古铜色树皮层层裂开，似褴褛衣衫。树皮易撕下，捏在手里，薄薄一片，脆裂，抖动有声，如果手中有笔，能画幅图案出来。遇一株矮小红桦树，有人恶作剧，将大部分树皮撕掉，剩光溜溜火腿肠似的一截树干。陇蜀杜鹃出现在水畔，又有几株小叶杨。小叶杨显然已经生长多年，树干粗直，一人勉强合抱。有一株小叶杨只剩半截躯干，横斜在乱草翠微里。

立秋之日，又时近傍晚，气温迅速降低，风从后背透进，沿经脉乱窜。原本还想走一程，一直走到水尽处，但寒气迫使，只能返回。

惦念那一株不认识却又似乎熟悉的植物，回家对比照片再查资料，原来是桃儿七，国家重点保护野生植物。看图片上桃儿七花

群山奔涌

开，想到王维的"涧户寂无人，纷纷开且落"，一时有种与神仙擦肩而过的遗憾，只后悔当时没翻越栅栏入内，近距离去捏捏叶片，嗅闻一下它的果实气息。

《本草纲目拾遗》记载桃儿七，称它为八角连：识得八角连，可与蛇共眠。又说：八角盘，即鬼臼，今人所谓独角连是也。

鸽子与斑鸠

鸽子走起路来，迈一步，点一下头，迈一步，点一下头，步子碎，点头的频率就高，看上去像个帕金森病患者。鸽子的叫声和我们唤鸽子的发音一样，有时候我唤鸽子来吃麦粒，鸽子"咕咕咕"跳过来，我就想笑：是鸽子在唤我，还是我在唤鸽子。

鸽子是善于飞翔的鸟，人们将它作为天神的宠物。不过有人形容一座早已不存在的寺院金顶时说：太耀眼了，鸽子都飞不过去。鸽子飞不过去的，一定是我们无法逾越的。

小时候很少见斑鸠，常见云雀、红嘴山鸦，还有秃鹫和雀鹰。偶尔见大雁在天上，不像是人间的鸟，一阵鸣叫，排着队带着人间的惘然就过去了。

现在青藏高原上，鸟多起来，好些都未曾见过，却感觉熟悉，仿佛上帝捏了些陈词滥调出来。

说上帝捏了陈词滥调，实在是一种鸟的模样里有另一种鸟的样子。上帝肯定已经老去，连捏几只稀奇古怪的鸟的想象力都丧失殆尽。

斑鸠便是一例。

以前，我实在分不清斑鸠和鸽子，老人就指点，鸽子不落树，落也要落在百年大树上，斑鸠在前世是个可怜的姑娘，常被狠心的嫂嫂折磨，用火钳烫伤脖颈和脚踝，后来被嫂嫂吊死，变成鸟，不停地向世人诉说：哥哥好，嫂嫂歹，黑毛绳儿吊死我。

老人们关于一些鸟的传说总是过于守旧。要说传说的突兀与直截了当，还属《萨哈林旅行记》中关于一位名叫希什马廖夫的军官的传说：从前，在那远古时候，根本没有什么萨哈林岛，但是，突然，火山爆发，海底的一座山岩上长，高出海平面，上面坐着两个生物，一个是海驴，一个是穿着佩戴肩章大礼服的希什马廖夫。

鸽子喜欢做什么呢，我不大清楚。斑鸠喜欢轧马路，去山里闲逛，常见到灰斑鸠三三两两，穿着那灰中夹点红褐的羽绒服，站在公路中央，"咕咕—咕"，车到跟前时都不惊不惧。司机只好停下车来等，一边等一边数落：笨得都不知道飞。有一次在公路上，车子疾驰，我看见几只斑鸠站在路中央不肯让路，着急。一急，就用嘴吹口气出去。我的用意是好的，将斑鸠吹起来，只是方法欠妥。好在斑鸠最终还是飞了起来。

现在我已经熟悉三种斑鸠：火斑鸠、灰斑鸠和珠颈斑鸠。它们大同小异，明显的区别是上吊时绳子留在脖颈的印记不一样。

云杉的一生

"云杉只有在强烈的阳光下才是最漂亮的：那时它通常有的黑色透着最浓重最强烈的绿色，而白桦，无论是在阳光下，还是在灰蒙蒙的日子里，或在雨中，都是可爱的。"很奇怪，直到读普里什文的这段文字时，我才去想云杉到底美不美这个问题，以往——读这段文字之前，我从未想过云杉还可以用"漂亮"这个词来形容。

自我记事起，云杉就在生活中出现了：母亲移来几株云杉苗，栽到院墙根下。那几株云杉长得异乎寻常地慢，到我们离开村庄时，云杉还没苗壮。母亲去世后，我偶尔听到闲话，大约是村里人的话，意思是母亲不该将云杉移栽到家里来，云杉更适合生长在陵园中。那些话并没影响我对云杉的好恶——对一棵树会有什么好恶呢，但之后人们大规模地栽植云杉这件事还是影响了我对云杉的态度：泛常之木，过眼即忘。

辛丑秋日的一个午后，在祁连牛心山见到一山坡的云杉。7年前栽植的云杉，已经成林，林中栖息着狍子和野兔之类。一心想要邂逅狍子，可惜没遇到。避而不见，狍子的哲学，与我的社交恐惧症有点相似。于林中搜寻狍子留下的痕迹，见到许多蘑菇。多是纤巧的那种，犹如柄柄浅褐色纸伞，伞盖上的花纹迂回曲折。肯定不能食的，但小虫子不怕，它们躲在菌褶里，大快朵颐。草已枯黄，紫菀还在开。浅紫色花瓣到底妩媚，秋气漫过花瓣，栗冽减去不少。风毛菊的花已谢，黑色子房高挺，仿佛传说中的葫芦，会有仙人跳出。小蚂蚁依旧匆匆。前段时间看资料，说蚂蚁的平均寿命

3 至 7 年，只有蚁后的寿命可达 20 年。一直以为蚂蚁是一年生的，时间对它无足轻重，原来它也要经历春夏秋冬，不免多看几眼。新鲜的望月砂堆在地上，嗅一嗅，无味。

八宝管护站的管护员一边揪着云杉枯死的针叶，一边介绍。刚栽植的云杉树苗，前 3 年个头几乎不长，它们只把精力放在根系上，扎根比长个子重要，3 年后，根扎稳了，地上部分才慢慢生长，枝子一年长一节，像年份的计时器，开始长得慢，渐渐地，有了加速度，有时一年能长 60 厘米，等长到 4 米之后，就具备了自我保护能力。仿佛一个孩子，四五岁之前，免疫力低，容易生病，5 岁后，体质增强，小学五六年级开始，个子快速长高，身体逐渐壮硕。云杉多枝，其中只有一枝是头，即主干，它引领其他枝干生长，如果头出意外被人掐掉或被牛羊吃掉，5 年之内，其余枝干互相竞争，最终孔武有力的一枝重新成为主干。

细看眼前云杉，它们早过了扎根抓土的阶段，风雨不惧，可虫害防不胜防。有一种小虫子最喜欢躲在刚长出的芽孢里偷食，稍不注意，新枝就枯黄坏死。虽然地上的蚂蚁喜食那种小虫子，奈何势力不等，虫子总也消灭不了，只好等管护员来喷药。药或许也毒死了蚂蚁。

想想云杉的一生，仿佛人的一生，生老病死，无一幸免。

我自然祈求云杉长寿，像百岁老人那样。时间年复一年地过去，流水淙淙，大地上的草绿了又黄，鸟儿换了一只又一只。它的树皮已经苍老，松果掉了一地又掉一地，它扎根的土壤厚了又薄，苔藓褪去，根系裸露。然而它一直挺立，愈老，愈直。如果总结，它一生只做了一件事："这棵云杉把上部的枝条带向了光明，但是下部的枝条——它的孩子，不论母亲怎么把它们往上拽，它们仍然留在下面，形成了帐篷，长出了绿色的须。在这个雨和光难以穿透的帐篷下面居住过……"（普里什文）

群山奔涌

藏羚羊与补血草

想象中的昆仑山无法确切描述，若非要比喻，应有点郭熙《早春图》的样子：山峦层叠，耸拔雄伟，山色阴晴有变，多数时间以棕褐为主，偶尔有树，胡杨之类，一树一态，枯枝遒劲。自然，画里的溪涧悬瀑，桥路楼观都被高原大风取代，风多龙卷风，天神吸地气那种，有时卷起黄沙，遮天蔽日，冬季白雪苍茫，若有大型动物走过，足迹时隐时现……然而真正见到昆仑山时，一时哑口无言。

山上根本不见树。这在情理之中，昆仑山多神话、神兽、神仙，怎会有普普通通的树。山的褶皱处，偶尔有低矮的植物匍匐，即使是夏季，看上去似乎已经枯萎。山也不像《早春图》那样峰峦秀挺，而是各种凌厉，仿佛由一片片棱角尖利的碎石堆成。碎石有随时滚落的危险，但不见一块石头落下。堆碎石的技术，也非常人完成，一看就是神仙在玩。神仙们坐在一起堆石头，随心所欲，越堆越高，越堆花样越多，后来干脆嬉闹，模拟对方，夸张变形：各路神仙或疯或傻，所骑神兽或傲然或优雅，神殿仙宫或繁复或精巧，琪花瑶草或交横或披离……

如此山下行走，眼睛看不过来，心思同样繁忙。心思不是忙于人间琐碎，而是上古灵兽、仙境圣界。炼丹飞天，凤舞龙潜，三青鸟西王母，以及"其状如虎而犬毛"之类，仿佛摊开一本绘图本《山海经》，或者一本《搜神记》，一一翻看，终于明白昆仑山何故谓神山。

近昆仑山口，下车休息时，这缥缈心境瞬间被一具小藏羚羊的尸体击碎，仿佛一只翱翔的鸟被一枪击中，"扑棱棱"下坠，至地面，羽毛纷飞。

小藏羚羊显然走散，丢掉了妈妈和族群。它独自在旷野行走，穿越公路时被汽车碾轧。应该有人下车查看了情况，见小藏羚羊已经死去，将其放到路旁乱石中。乱石荒草，与藏羚羊的毛同一色系，若不细看，发现不了。小藏羚羊死去不久，身体尚未僵硬，它躺在那里，更像熟睡。摸一摸，浑身毛茸茸，肚子鼓起，仿佛喝多了奶，眼睛还睁着，是懵懂无知的孩童。小耳朵尖柔软，但冰冷，捏一捏，想叫醒它。可是它的小嘴巴张开，血色内脏被挤压出来堆在唇间。

蹲在小藏羚羊身边，一遍遍摸它的小耳朵，几乎落泪。如果它跟着妈妈顺利走过马路，这时应该在对面山坳里。那山中管他是黄沙还是岩石，起码小藏羚羊还在活蹦乱跳，它的眼睛扑闪，世界广漠又新鲜。之后它一年年长大，其间或有危险，可每一次冒险都是一次成功挑战，它因此身形优美，四肢矫健。它或许会长出一对漂亮的角，黝黑乌亮，细长如鞭，或许会生儿女，对它们呵护有加。世界天高地阔，它和它的族群跃过沙丘，走遍草地，以至年复一年，四季变换。可是死亡过早选择了它。

路上汽车呼啸，卷起尘埃，尾气随山风扑来，浑浊又清冷。

路基下一面缓坡，有黄色野花簇簇盛开，走过去看，居然是黄花补血草。自格尔木出发，一路近 200 公里，这是见到的唯一一种野花。小碎花有点像勿忘我，不过花色金黄，一丛植株上密密匝匝有几十朵小花。荒漠戈壁上的植物，为了减少水分蒸发，叶子一律缩小。黄花补血草也不例外，它的叶子缩成窄窄的披针形，几乎不见。它的细茎自乱石缝中交错而出，茎叶的翠绿衬得黄花尤其明艳。

荒漠里的植物，我不熟悉。临时在网络上找黄花补血草的资料来读，原来是可以制作干花的植物，花期也长，深秋植株枯去，干花依旧留在枝上，可以坚持两个多月。

与那小小藏羚羊相比，黄花补血草的生命何其坚韧。

不能久留，继续前行，走不久，自车窗见到一只大鸟蹲在路旁石头上。第一次在野外如此近距离见猛禽，有些惊喜。其"耸身思狡兔，侧目似愁胡"的样子颇震撼人，可是车子行驶太快，未能看清它是一只大鵟还是金雕。

心想或许是它嗅到小藏羚羊的气息有备而来，但不知何物正瞄准这世间的大鸟。

委陵菜

去寻找荒漠猫的路上，我已经将那陌生植物多看了几眼，不能近前，只好暗自揣测会是什么植物。起初以为是沙棘枝挂了些羊毛，想这些羊丢三落四将自己的毛随意挂外面，不知羊主人会怎样惩罚。后来又想，现在的羊，哪里还有"洁白"一说。羊主人为了将自家的羊与别人家的羊区别开来，在羊身上乱涂颜料。以前有所收敛，无非是用鲜艳的油漆将羊角涂抹，现在则用颜料涂抹身体，一小块不过瘾，非得将脊背、腹部、尾巴全涂上，似乎又喜欢用蓝色，于是草原上的羊，多是蓝色羊群。排除掉羊毛，又想可能是铁线莲之类攀附植物，花谢后一头白丝毛挂在花托上，满河谷的白毛女咿咿呀呀，可现在又没到花瓣凋零的季节。

在门源西沙沟村的河谷，终于再一次见到它们。河水汤汤，岸边一片白花繁茂，我跑过去看，发现它们很固执地生长在河流对面，没有一株愿意到河这边来。水势急，涉水去看它们不可行，只好绕远路，过一座混凝土桥去看。

特征异乎寻常地鲜明：委陵菜似的叶子，耧斗菜似的花朵，红褐色嫩枝，老去的枝条又似牡丹干枝。仿佛牡丹、委陵菜与耧斗菜的组合，植物里的四不像。细瞅，它们又有自己的个性存在。圆形的白色花瓣搭配披针形暗红色苞片，红白相间的花朵复合为一种雌霓色。它们的枝条努力上长，花开在枝子顶端，疏密有度，植株高达一米。

蹲在花丛，越过花朵和叶子看远处的天。原来天色已变，格外阴沉，一些黑色云团翻滚在灰色薄云中，仿佛数张怒目圆睁的脸。

群山奔涌

雷声似乎要响起，冰雹似乎瞬间就会砸向地面，天空即将崩裂，大地即将震动。然而没有动静，也没有风，河水只管"哗哗哗"地大声说话。远处的草坡上，鼠兔从洞里钻出来，小跑几步，又钻进洞里去。小而又小的眼灰蝶飞来，独自一只，只管在花瓣上翩跹，那些花朵居然不为所动，仿佛已经看透世间，宠辱不惊。

用软件识别，说是匍匐委陵菜。简直胡扯，它们明明是某种亚灌木。所谓亚灌木，就是那种茎部已经木质化，而枝梢木质化程度不够，一到冬季枝梢常常枯死的植物。拍了照片请教精通植物的老师，一番求索，终于得到答案：西北沼委陵菜。

拗口的植物命名，不好听，也不容易断句，不知该读成西北－沼委陵菜，还是西北沼－委陵菜。不知也罢。

我们称委陵菜为"蕨麻"。蕨麻，音节简单，字也古雅，每个字有每个字的含义，搭配起来又多一重含义，仿佛一条丝巾多用，能激发无穷想象。

读植物词条，词条举例证明羊吃了它会中毒，也有它带长柔毛种子的图片展示，说它是理想的庭院美化植物，可左思右想，我对它仍然陌生。仿佛街头擦肩而过的某个人，我仅知道他的性别、相貌与种族，至于其他，他的记忆和行为方式，他说话的样子，他的爱恋与微笑，他在薄暮时分的沉默，他的幻想，他对某件事物的痴迷，我都不清楚，我们虽近在咫尺，却远如山水相隔。

彼此熟悉是个漫长过程，需要有故事和细节的参与，需要记忆、气息，人与人之间如此，人与植物亦如此。

雉鸡

行走高原野外，最常见的，是一种头顶、胸部、腹部皆为暗绿，背部棕红，两肋棕黄而具黑色横斑的雉鸡，这种雉鸡没有白色眉纹，没有白色环颈，叫它们环颈雉，并不恰当，但它们确实是环颈雉的一个甘肃亚种，也是留存在多年记忆中的鸟：

大雪开始覆盖，高山上的雉鸡便跑到平原来觅食。雄雉鸡衣着绚丽，带耳羽簇，抹鲜红眼影，能与电影《紫色》里女主角西莉打扮一新，揭帘子而出时的惊艳媲美。雌雉鸡沉默温良，衣着素雅。雄性的鸟儿总是华美，雌性的鸟，却始终是篱边捡柴的模样。

我曾看见有人将一些蓝中带绿，绿中带黄，黄中带红，红中带紫的雉鸡羽毛插在玻璃瓶中，做清供。又将雄雉鸡制成标本，架在墙壁上，来玩赏。一束光跃动在海面上，美丽的，是海面，还是光？如果美丽的光果真源自观者，如同华兹华斯所说的那样，那些人为什么不将自己做清供。

雉鸡在灌丛中穿行，受了惊，"嘎"一声叫起来，连飞带跳，扑棱棱从灌丛这边窜到另一边去，那样子，仿佛德彪西的那支爵士钢琴小品。

我在灌丛穿行，遇见雉鸡窝。雉鸡筑巢太潦草，似草书又带写意：地面刨出碗大一浅坑，垫些羽毛杂草，雉鸡卧在上面，用肚腹压瓷实。窝里只有三枚蛋，比鸡蛋还小，灰白色蛋皮上撒几粒黑斑点，像极了姑娘脸上的雀斑。蛋在手掌心，盈盈一握。留两枚，我捡一枚，带回准备让母鸡孵出来。

这是我曾经回忆过的雉鸡，其实，我始终没有写下来的事情是，那时的冬季，当雉鸡因为食物问题而靠近村庄，村民们便用各种办法将其捕获，拿来吃掉。我曾记得某个冬季，山野一片莹白，我在结冰的河道上玩，一位邻居自山上下来，手中拎一只雉鸡，那是羽色绚丽的雄雉鸡。雉鸡虽然死去，它的羽毛依旧泛出五彩光泽。我跟在那人身边，伸手触摸那丝缎一般的光洁羽毛，试图得到一两枚尾羽。当然，最终我还是没有得到任何一枚羽毛，当那人走远，我站在原地，那雉鸡的羽毛还在冬日单薄的阳光中闪烁异彩。

　　即便如此，雉鸡还是居住在靠近村庄的田野，生生不息，甚至到村庄里来，仿佛走亲戚。雉鸡到底是不记仇的鸟类。它们隐身田畴林带，看人类在不远处劳作行走，它们依旧对人类心存幻想，只有当人类靠近，它们才会瞬间警醒。所以雉鸡永远都是突然从眼前的灌丛或田地起飞，咋咋呼呼，摇摇晃晃，到另一边的灌丛或田地中去，它们以抛物线的方式飞行，距离始终不超过 100 米。

　　小雪前，在一个名叫大庄的村子里，我见到环颈雉的另一亚种。它的胸部、腹部和尾羽都为紫色，那是一种并不深浓的紫，仿佛油彩浮在水面，轻盈流动，似乎一个波纹之后，另一种色彩会将其替代。它昂胸挺首，尾巴格外修长，这使它的身形匀称优美。起初它站在一棵叶子落尽的青杨树枝上，积雪和午后的阳光映照着它，使它周身泛出紫色光芒。我从没见过雉鸡站在这样高的树枝上，想着是另外的一种鸟，但高原上再没有如此绚丽，尾巴带仙气的鸟，我甚至想：凤凰栖在梧桐上。

　　它很快飞下来，落到树旁长满衰草的崖畔去。它或许在那树枝上站了许久，眺望什么，但我没能尽早见。此前的一小段时间内，我坐在暖气烘烘的屋子里说笑，窗外是白雪覆盖的农家菜园，几棵青杨静默在菜园里，紧邻菜园的是一截并不陡峭的土崖。我觉得这样清阔的地方一定有清阔的鸟，于是频频扭头。一只灰头绿啄木鸟曾在树干上停留了片刻，两只白色眉纹飞起的褐岩鹨站在枝子上唱了一会儿歌，一只虎斑小猫踩着积雪悄无声息地走到枯草丛中去。

我必得再次见到它。于是当我出门站在冷风中时，便见到三只雌雉鸡在崖畔的草丛内。它们无所事事，如同这个冬天的农妇聚在一起，晒着阳光，家长里短的话肯定在说，只是我听不见。它们的羽色过于朴素，这使我觉得它们有些亏待辛劳一生的自己。离它们不远，两只雄雉鸡在梳理它们的华美羽毛。

世界如此甚好。雪落在一切可以落的地方，树木赌气一般将叶子扔光，云来不来，天空还是原样，风发出清冷声响，溪水在冰层下流向远方……然而那一只雄雉鸡忽然飞起，仿佛一枚箭镞，有目标的、笔直地向着河那边的灌丛飞去。那应该有二三百米远，它没有惊慌失措地啼叫，没有吃力而笨拙地拍打翅膀，它像一只真正的飞鸟，轻盈地，穿过疏朗的杨树林，一直飞去。

它在那一时的飞翔彻底颠覆了我对雉鸡飞翔能力的偏见。

群山奔涌

小叶杨与达乌里寒鸦

在祁连县烈士公祭奠园，见到多只达乌里寒鸦。起初以为是喜鹊，瞅了几眼，想，这喜鹊有点小，好像叫声也不对。喜鹊叫起来是那种催命逼债式的，"喳喳喳"三连音以上，嗓子似乎要扯破。如果是早晨，天清气爽，阳光弥漫，这种叫声还能接受，如果是阴暗天气，琐事正烦，喜鹊破锣似的叫起来，那声音犹如锤在心脏上，心肌都有撕裂的可能。眼前的"喜鹊"只"啊"的叫一声，隔一会儿，再叫一声，有点哆，似乎声音从鸣管发出来，经过嗓子和鼻腔时小心翼翼，不让碰触，以保持其娇柔与稚嫩。

它们在树梢起飞，又落下，或者从一枝飞到另一枝，一直不肯离大树远去，感觉那些大树就是它们的家园。惯常的喜鹊不是这样的，喜鹊们大多成双成对，要么停驻，要么飞去。喜鹊们除去筑巢，似乎不愿意过多地逗留在树枝上，喜鹊是不会将树当成家园的，它们只认它们搭在树枝上的窝。

既然是喜鹊，小小疑惑一闪即逝，便不再去关注它们。

从纪念馆出来，看到一只红尾鸲，翅上白斑有点独特。红尾鸲胆子大，一直站在云杉枝上让我看。既不是北红尾鸲，也不是贺兰山红尾鸲，自然也不是蓝额红尾鸲或黑喉红尾鸲。或许是白喉红尾鸲呢，以往没有亲眼见过，但名字熟悉。在树下绕来绕去，就是绕不到正面看它喉部的白斑。只好在手机上查图片，等找到图片，再抬头，小鸟已飞去。姑且认为它就是白喉红尾鸲吧。旋木雀不想跟我躲猫猫，沿一棵小叶杨的树干往上爬，一门心思找虫子吃。

说起小叶杨，真是不好意思，以前怎么就不知道世间有它存在呢。偶尔写点东西，说到青藏高原的树，总是青杨啊，青杨，经典似的。平心而论，青杨成林犹可一观，尤其蒙蒙阴雨天，寒烟笼在树梢，漠漠一层清愁。如果是秋天，青杨叶子黄去，翻遍色卡，都找不出那种高亮度的黄，小号似的，嘹亮得神采焕然。可惜这几年青杨叶子始终黄不起来，某种病或者什么原因，秋天尚未来到，青杨的叶子就早早枯去。有时兴起，想去看青杨的黄叶，却只见一树叶子癞蛤蟆似的，只好败兴而归。如果要欣赏单独一株青杨，是没什么可看的，它既不似白杨那般挺拔，也不似胡杨那般姿态万千。青杨随意生长，你去剪伐，它往高处长，修长些，你不管不顾，它便枝杈乱窜，大丛灌木一般，没有美的形态可言。

小叶杨不一样。此处多百年以上的小叶杨，枝干崔嵬，柯如青铜，又有经风雨历霜雪的盘曲之姿。此时叶子虽未发芽，但也能想象出不久之后"绿树阴浓夏日长"的情景。找资料来看，见到深秋的小叶杨，真是美，庞大树冠，满枝金黄，岁月累世，却又喷薄淋漓。

沿一棵小叶杨树干往上看，见到黑的树洞，此前见过的"喜鹊"正站在洞门口，屁股翘在外面，似乎跟窝里的家伙交涉什么。喜鹊钻树洞吗，脑子里的弦一振，想起达乌里寒鸦，一查，果然是它。

想象中，达乌里寒鸦是生活在水畔的，像我以前见过的那只渡鸦，对着水色，只是"啊——啊——啊"地叫，叫得又苍茫又孤独。以前总觉鸦科的鸟类容易两极分化，要么深刻到众人皆醉我独醒的境地，要么聪明成梁上君子鸟类大佬，它们是不愿成为这世间凡品的。然而眼前这些比喜鹊要小的寒鸦，却在小叶杨上过着平凡人家的生活：在树洞里养儿育女，站在有阳光的枝子上闲谈，偶尔飞起来，巡护一下自己的疆域……有一点点小国寡民的味道。

读一本名叫《乌鸦简史》的书，大致了解了乌鸦的家庭生活。乌鸦是群聚者，看上去总是乌泱泱一片，但每一个行动的个体，都是独自来去，它们从来不会像喜鹊那样始终成双成对。乌鸦家庭与人类家庭有一个显著区别，绝大多数乌鸦家庭都比我们人类家庭要和谐：不管遇到怎样的挑衅，乌鸦家庭成员通常都会在没有暴力或其他明显侵犯行为的情况下，解决它们之间的分歧。书中，一位研究美洲乌鸦的科学家凯文·麦高恩研究发现，乌鸦喜欢能看见风景的巢穴："我会走到纽约伊萨卡的一个鸟巢那儿看看，想象中那只是一棵树而已。但等我爬到鸟巢的位置一看，原来，乌鸦们从巢穴里可以看到整片湖。简直不可思议，从很多巢穴都能看到美妙的风景。"

我也想像凯文·麦高恩那样，爬到小叶杨树干上达乌里寒鸦的巢穴朝四周看看，想必眼前祁连风光非同寻常：远处积雪覆盖的牛心山闪烁耀眼光泽，卓尔山山色绚烂如霞，八宝河在两山之间缓缓流动，河谷树木葳蕤成丛……在乌鸦眼里，一白一红两座大山是不是像日月，八宝河是不是像银河呢？

赤麻鸭

看野鸭在河流上空飞，便觉得吃力，很想自己也使出一份力来，帮帮它们。显然它们自己也觉费劲，翅膀啪啪啪发出些声响，为了飞得快一些，头使劲往前面伸，双脚向后蹬。所以野鸭如果在飞，往往是未见其鸟，先闻其声。不过野鸭在开满荻花的秋水上面咋咋呼呼地飞，倒也有一份诗意，"落霞与孤鹜齐飞，秋水共长天一色"，不仅仅如此，还有万古江河鸟飞回的萧然与旷远。

戊戌年11月初，在一座高山水库，我见到飞来越冬的赤麻鸭群，数量庞大，从远处看，如大片枯叶将近岸水面遮蔽。赤麻鸭有个更好听的名字，黄鸭。从名字判断，它既不像绿头鸭那样有绿色的大脑袋，也不像绿翅鸭那样有金属绿的翼镜，更不像针尾鸭那样拖着标杆似的长尾巴，它就是它，一身橙栗色羽毛的大型野鸭，夏季，雄鸟们还要在脖颈戴个黑色羽毛的领环，以示与众不同。说它是野鸭，还不如说它更像大雁，它像大雁那样"嘎嘎"鸣叫，像大雁那般迁徙，也如大雁那般，飞行时将队伍排成某种形状。

一则早先的消息，2007至2008年，青海湖景区保护利用管理局联合中科院动物研究所、计算机网络信息中心等科研单位对二十五只赤麻鸭进行GPS定位跟踪，结果发现这些开春后来到青海湖水域的赤麻鸭，冬季，要回到孟加拉湾越冬。它们的迁徙路线是：自青海湖向南进入四川境内，再进入横断山脉三江并流区域，这时有些赤麻鸭会选择在此越冬，而继续向南的就会进入孟加拉国和缅甸境内，在那里，有些赤麻鸭会沿着伊洛瓦江、布拉马普特拉河流继续进入孟加拉湾。这是一些夏候鸟，春天来到，冬季离去。

我所见的这些赤麻鸭，却是冬候鸟。一位在水库附近长期生活的男子说，这些黄鸭每年5月离去，10月底回来，整个冬季，即便水库被冰雪覆盖，它们也一直在冰面上生活。冬季的高原，即使没有雪，草木也已枯去，山寒水瘦，虫子遁形，数量如此庞大的赤麻鸭，不知以何果腹。

　　鸟类的迁徙，并不像人类那样，追逐舒服与新鲜，而是因为食物的变化。鸟类始终是现实主义者，这种现实，有时不近人情。看纪录片《鸟类的世界》，讲白骨顶鸡养育儿女：一对夫妇有时会一口气孵九只雏鸟，起先它们还有耐心，用食物诱导雏儿下水，捕食喂养它们，几天之后，耐心失去，它们便会啄嗷嗷待哺的雏儿脑袋，进行惩罚，这种惩罚始终围绕一只，直到那只雏鸟不敢讨食，以致饿死，以此类推，再惩罚另一只，最后，只剩下两三只雏鸟，然后将它们养大。在继承族群与基因面前，爱有时得退避三舍，食物始终重要。为了食物，关山飞越，不过寻常。

　　依照习惯，我眼前的这群赤麻鸭，它们会在傍晚和清晨出去捕食。水面被冰封，不过水库四周有片湿地，有自远处奔流而来的小河，有农田和茂密山林，更远的村庄，它们自然不会涉足。早晚觅食，白天的大部分时间，它们便在冰面上颐养天年。此时，它们再不需要养育儿女，不需筑巢，不需绞尽脑汁博取异性关注，不需决斗。它们已经远离了生活中那段乱纷纷的紧张阶段，尽管以后这样的日子会继续来到，但眼下的时间只属于自己，它们可以将这段时间揉搓成大雪球抛来掷去，尽情嬉戏。

5月4日

湖上还能再开两星期的车，之后，冰面会四处崩裂，每走一步都可能丢掉性命。鹅和鸭子会飞到这里，你会看到的，某个早晨，它们就那么出现了，从中国、泰国或者别的什么该死的天堂一样的地方突然降临。

5月21日

湖堤上，沙地里有斑斑点点的银莲花花簇。鸭子在开阔的地带里打闹，既渴望爱情，也渴求新鲜的流水。它们在南方度过了不少时日。当狗朝它们奔去时，便以哀婉的姿态纷纷起飞。人类最初模仿鸟类制造飞机，鸭子则模仿了早期的飞机。

这是来自西尔万·泰松《在西伯利亚森林中》中的两则记录，读这些记录，自然不能确定我所见到的这群赤麻鸭，它们的夏季就是在贝加尔湖上度过，但它们肯定来自北方，俄罗斯的原野，或者蒙古草原。在那里，清风长驱直入，泰加森林如同墨绿色绸布在起伏的大地上铺展，月熊从冬眠中醒来，摇摇晃晃，草地上野花芬芳，胡蜂陶醉其间，水面上，这些赤麻鸭成双成对，"盛装滑过，微微颔首向其他夫妇致意"。

如此周而复始。这应该就是赤麻鸭完整的一生，没有残缺，如果有，那也只是来自外界某种秩序的混乱，以及，某种精神领域的坍塌。

黑头䴓

终于见到一只体形不算完美的鸟。如果它是个小孩，我肯定早已将目光移开，以示他发育正常，然而这是一只鸟。鸟会有自尊心吗？有。但鸟儿凡事看得开，不在乎。于是我带着一颗看热闹的心看它的尾巴。那尾巴也太短了，不仅短，还秃，仿佛用了好几年的半截笤帚。到现在，我总算看明白了，鸟身上最显气质的，首先是尾巴。尾巴越长，气质越高贵，反之亦然。一只凤凰和一只大公鸡的羽毛差不多，但一眼看去，大公鸡就是打鸣吃糠斗来斗去的命，凤凰就是非梧桐不栖，非醴泉不饮的神圣，区别主要就在那尾巴的不同。大公鸡的尾巴也算有气势，但乱蓬蓬如杂草纵横，凤凰的"鱼尾"，看上去仿佛从孔雀身上借来几根练尾，"五色点注，华羽参差"，蜷曲得格外高贵，修长得不入凡俗。尾巴是它们不同命运的关键所在，重点之重，如不信，你让凤凰换个大公鸡尾巴试试。

黑头䴓因为尾巴短，加上没脖子，浑身圆滚滚的，像一个白菜大肉馅的饺子，又像一个矮小的胖子裹了件蓝灰色棉袄。好在它的喙比较长——虽然没有戴胜或长嘴鹬那样过分，不过比起它那种体形的鸟，显然有点长，又是细细的，像插在脑袋上的一根吸管——这多少让它的憨厚老实有了些灵气。提升黑头䴓气质的，还有它的一对眉纹，白，排刷刷出一样，粗，边缘毛毛糙糙，且从额基上扬一直到后枕。上扬的眉毛显得有英气，同时也让眼神凌厉：身旋秋色薄清露，凌厉西风紫嫩霜。黑头䴓的眉纹总算挽救了它。

鸟儿扒着树干找虫子，据说唯一能头向下尾朝上往下爬的就是䴓属的鸟。能爬树的鸟儿多，旋木雀啄木鸟等，都是头朝上从下往上爬，不稀奇。啄木鸟一边爬，一边绕着树干兜圈子，所以要仔细观察啄木鸟，观察者最好能和它统一轨道绕着树干兜圈子，但啄木鸟永远喜欢绕到看不见它的那一面去，不管你转得晕不晕。啄木鸟爬树，还得借助尾巴的支撑。两只脚，一根尾巴，这三点组成坚实的基座，保证了它们在树干上的灵活。旋木雀同样用尾巴做支撑。黑头鸱从上往下爬，头不能做支点，而尾巴多少有些碍事。造物主于是将它的尾巴变得短小一些，无用一点——造物主总是考虑了所有细节，殚精竭虑。所以，黑头鸱的招牌动作是，倒爬在树干上，头高高扬起，仿佛在重申那句名言：谁和我一样用功，谁就会和我一样成功。

一只鸟用不同的角度看世界，不知什么感觉。天地是否颠倒，阴阳是否互换？来过的人，飞去的鸟，是否错乱？

我笑眯眯地看那只头朝下的黑头鸱时，它正忙着将一只肉色的肥虫藏到树皮中去。但是它始终找不到一个称心如意的地方，将虫子塞进这个缝隙，试一试，衔出，又塞进另一个缝隙。一棵小小油松，树干不粗，树皮不怎样皲裂，找来找去，都不恰当。一只精益求精的鸟。

黑头鸱有储藏食物的爱好，善于为寒冬做准备。只是现在，立秋过去不久，暑气犹在，虫子藏在树皮下，如果不能尽快风干，便只有腐烂。如此忙碌，到头来只有腐肉佐餐，岂不扫兴？也许是我过虑，说黑头鸱藏食物，大多时候藏过即忘。一个有健忘症的鸟儿，找出食物，藏起，然后忘记，这跟直接找食物吃有什么区别。或许人家玩的正是"我开心就好"，孩子们的理念。

黑头鸱胆子大。我慢慢接近，唯恐将其吓走，然而人家根本不为我动，无视我的存在，一直在那树干上找粮仓。我虽然渺小，蹑手蹑脚，但松林里还有其他人正在使劲吹萨克斯，嘶哑结巴的声音自铜管跌跌撞撞而出，能将并不繁茂的松林撕裂，而且那人就坐在黑头鹀几步开外。

生存之道，胆子大固然好，刀山火海都敢闯一闯，胆子小，也没错，前狼后虎都避开。只是像我这样，年轻时什么都拿得起放得下，仿佛能纵横天涯，到如今，前因后果，百般谨慎，也算是无趣至极。

松鸦

　　民间之所以将松鸦和戴胜都称作山和尚，总结起来大致有两种原因：其一，它们的羽色，有点像和尚穿的袈裟；其二，它们的鸣声似和尚念经。说它们的鸣声似和尚念经，实在不能赞同。戴胜叫起来，似布谷又像斑鸠，不过布谷将两音节隔得山一程水一程，全是忧愁，斑鸠喜欢用"咕咕—咕"三音节诉说，而戴胜只是潦草的"咕咕"两声就作罢，松鸦呢，多是沙哑短促的"啊—啊"几声，缺乏美感，和尚念经总不该这样吧。至于羽色，戴胜以栗棕为主，杂以花斑，青藏高原上的松鸦大体粉褐色，这两者都接近赤褐的袈裟，还算说得过去。如果就形象而言，戴胜更似帝王，松鸦，按照埃诺斯·米尔斯的说法，是"知识分子，也是贵族、独裁者和专横者"，但在我看来，松鸦更像一位高智商的花花公子。

　　好事的科学家拿松鸦做实验：盛水的长颈瓶里装几只虫子，水只盛到一半，松鸦怎么努力都吃不到虫子，旁边分别放一些软木塞和石子，松鸦先将石子啄进瓶中，水面稍有升高，再将软木塞啄进瓶子，木塞浮到上面，水面并没升高。松鸦判断良久，终于只啄石子，放弃软木塞，最终水面升到一定高度，松鸦吃到虫子。科学家说，松鸦的智慧相当于六七岁的儿童。

　　六七岁的儿童，如果遇着急性子家长的教导，早已"天地玄黄宇宙洪荒"地背《千字文》了。

　　2018 年中秋节，在一片蔓延至整座山坡的桦树林中，我与一只松鸦相遇。秋日的桦树林异常静谧，尽管时有几只暗绿柳莺躲藏在枝叶中鸣叫，偶有孤鸦拍翅而过，植物们却始终默不作声，只悄悄呼吸。土壤也在呼吸，看不见的浮游生物飘来飘去，风流连于白日梦游。林中多是白桦，银白的树干长满苔藓，也有一种名叫柳花菜的菌类生长出来。这些片状的淡绿色菌类可以食用，摘来洗净，用水泡软，拌上作料，能与发菜媲美。夹杂其间的红桦树皮褴褛，随手一揭，便可撕下一片，薄而脆裂。它们的叶子却都一样，细碎、纤巧，仿佛五代的一些小令，此时一半已经变黄，另一半仍旧葱绿。阳光不太好，这使黄色的叶子稍显暗淡，使绿色的叶子，愈加沉静。松鸦事先并没看见我，它嘴中叼着什么，莽撞地飞来，显然有目标，却蓦然看见我，只好临时偏离航向，暂停在一棵白桦上。我同样措手不及。我原本蹲在地面摘莛子蘑的果实吃。这种白而绵软的小果子，我幼年时曾叫它棉蛋，多年后费许多功夫终于知道其学名为莛子蘑，一种理气活血、消肿镇痛的草药。果子很小，且少，只能用牙尖咬，黑色的籽却大。吃两枚，正欲起身，一眼撞见迎面飞来的松鸦。

松鸦再怎么聪明，毕竟不能跟我相比，而且我早已染指许多陈规陋习，懂得佯装不知。于是我便再次蹲下，低头，保持原样，却用眼睛余光将其打量。

它过于谨慎，始终在分析我的行为。它在白桦树干上停驻良久，见我似乎忘了它，或者对它根本不在意，便又飞起，绕树林半圈，兜回来，落在离我不远的地面上，再次观望一番，然后将衔在嘴里的东西埋进落叶中。

地面早有一层松软朽叶，偶尔风过，叶子们零零散散落下，飞鸟与鱼一般，却都静无声息。一分钟左右，松鸦终于将种子埋好，再次环顾四周，又盯视我几秒，然后放心飞去。黄绿相杂的林子里，粉褐色的松鸦无疑显得醒目，那翅膀上黑、白、蓝相间的横斑尤其醒目，佩戴的珠宝一般。如果渡鸦是老成持重的先生，此刻飞出林子去的松鸦，无疑是戴着夸张饰品的公子少年。

但我断不能走过去看它埋了什么，它的尊严必得维护。

一些动物行为专家曾经认为，情景记忆不仅仅限于人类，一些动物也有此种记忆，譬如松鸦，它不仅能记得过去，还有未来意识。站在林子里，想到这一点，有些欣慰，却又担忧。欣慰的是，松鸦未雨绸缪，不管计划有无疏漏，不管能走到哪一步，能走多远，总之它在为明天设想。怀揣未来总比频频回顾有希望。担忧的是，除去储存食物之类的实际事务，松鸦会不会在某一天突然杞人忧天庸人自扰再也无法轻盈起来。

从未在生活中见过冠蓝鸦，看图片，它有异常漂亮的蓝色羽冠，蓝灰色肩部，翅膀和尾羽都是典型的黑白蓝斑纹。有人认为中国文化中的青鸟，便是冠蓝鸦，不过据我所知，冠蓝鸦只生活在加拿大及美国西部落基山一带，它可不会飞到中国的神话中来。如果排除掉冠蓝鸦，青鸟的原型似乎只限于红嘴蓝鹊了。然而红嘴蓝鹊我也没见过。

网络上有一词条，说青海没有松鸦，简直岂有此理。

忍冬

立冬时节搬家，新入住的小区，微地形，多草木，如果是夏天，丰草绿缛，佳木葱茏。小区宠物狗多，大清早被爷爷奶奶拉出来遛。每次见老人遛狗，就想笑：据说爷爷奶奶养的狗天天被遛，甚是劳累，宛如上班族。有一次遇见一只小母狗兜着内裤一样的衣服，跑过去研究，原来真是内裤，缝了蝴蝶结，还垫了卫生棉。看半天，终于相信天林以前对我说的话：小母狗也来例假啊，你是真不知还是假不知。小区的几只流浪猫毛色鲜亮，精神，胡子一点不乱，步态优雅。观察几次，原来有人喂养：两只小碗一只大碗始终摆放在水井盖上，两只小碗盛猫粮，一只大碗盛清水。

小区多忍冬。起初我并没看出那是忍冬，走路时遇见几株，枝条扶疏摇曳，小红果簇簇缀满枝子，细看，不是海棠不是山荆子，有点像高山上的红花岩生忍冬。红花岩生忍冬的果子红彤彤亮晶晶，我吃过，有微毒，吃多了头晕恶心。怀疑是忍冬果，不敢摘来尝，只站在树下反复看。小浆果玲珑，透亮，是那种珊瑚赭色，皮薄，感觉稍一碰触就会流出蜜汁。小区里多鸟，小红果应该被鸟啄去，稀稀拉拉才对，果子如此完好无损，更让人怀疑。一查，原来是鞑靼忍冬。

常见的忍冬开金银二色花，以前住地附近的小山上有一些。仲夏时节，花开得繁密，金银两色并呈，从很远的地方看，既不是银色也不是金色，而是介于两者之间，不跳跃，也不沉闷，走过时容易忽略。以前去小山上散步，没注意过忍冬果。资料上说，只有鞑靼忍冬的果子呈红色，一般忍冬的果子蓝黑色。资料还说，鞑靼忍冬开出的花，呈粉红色，它的变种，开白色小花。

文章里常见开粉红色花的忍冬，想象不出花的样子，大约也像金银花那样，一蒂两花，两条花蕊成双成对，只是颜色不一样。在城市很少见粉红色的忍冬花，远处大山里的红花岩生忍冬虽然也开红花，但那花过于小巧，浅紫色的小喇叭，芬芳浓郁，隔几米就能闻到。原来这小区藏了这么多鞑靼忍冬，真希望冬天像日历那样撕去，来年看粉色忍冬满园，浅浅淡淡，云影相照。

入冬之后，植物叶子落去，小区院子渐次萧条，忍冬果却依旧鲜亮，仿佛季节还在晚秋。来来去去看，有一回突然想，忍冬这名字大约就是这样的：让冬天来吧，我就是耐得住冬季的肃杀而不凋。想来也是倔强的植物。

院子里草木多，鸟儿自然多，大多是山噪鹛。褐色长尾巴的鸟，如果心情好，唱起歌来嘹亮婉转。它们也是群聚的鸟，傍晚去买菜，好多次都发现它们在忍冬丛里叽叽咕咕吵闹不休。以为有流浪猫要偷袭，等一会儿，不见猫，它们的紧张不安依旧。后来无意间看到晴空中雀鹰低低飞过，一直飞到楼宇顶端的飞檐上去，站在那里，飞檐像重了一层。

还见过一次伯劳，同样是长尾巴的鸟，小嘴巴比山噪鹛强悍许多，一看便知是吃小动物的。伯劳独自飞的那一刻，四周寂静，风都没有消息。想起有一次去贵德，路边树枝上一排伯劳，长尾巴在阳光下特别醒目。同行的一位老人说，那是狼老鸹。狼老鸹，名字不好听，一个"狼"字却突出了小小鸟的食性：我可不是吃素的。

小区集中供暖，屋子里暖烘烘如夏日，容易打瞌睡。有一回午睡，梦见去看向日葵。本来向日葵开遍原野，我们到达时，向日葵

　　　　　　　　　　　　　　群山奔涌

已经像成熟的麦子那样被人收割，地边上只剩下一排向日葵，黄色大花盘沉静又明亮。收割起来的向日葵花瓣堆积在一个水渠样的地方，许多人站上去，正用脚踩踏，说是在加工。我拿出手机，对准向日葵找焦点，心中直念叨：最后的向日葵。

西宁的南山种植很多向日葵，如果明年体力尚可，一定要去看看向日葵开到最后的模样。

金色河谷

　　徐缓，寥远，隆务河河谷的疏朗让人仿佛踟蹰在古老的羌笛中。夏季暴雨已经远去，此刻看不到丝毫踪迹。抬头，我看见印花蓝布一样的天空高而淡远。那是隐藏的哪一只手在轻轻揭去它们？上升，上升。它的四角鼓荡，搭在远处隐隐的山峰上。那是桑蚕丝一般的柔滑吧。我伸手，抚摸搭在我胸前的藏蓝色印花丝巾，那么富有质感和弹性，又那么轻盈。裁一角这样的蓝天，围在脖间，是不是也如我旧年的丝巾一样，温暖柔软？

　　阳光，我是说此刻沐浴在我身上的河谷阳光，一如我童年的阳光，馨香、金黄。它在中天盛开，花蕊对着大地。它的花瓣纷披，巨大，有着流水的质地。移步，我竟是厚重花瓣上的一缕微茫阴影。我的脚步肯定磨损了花瓣的肌肤，可是我看不到它的痕迹，也听不到惊叫。阳光的声带一定在蜂蝶的身上，或者在水面上。如果我有阳光的声带，我将会成为多么伟大的歌唱家。闪烁，并漫延，这9月的阳光，带着芬芳。柴胡、党参、防风、薄荷、蕲艾、荆芥、白芨，谁的芳香不是阳光的芳香。

　　隆务河缀满银白光斑，缓缓前行，水势并不浩荡，水气带着远山冰雪的清凉。低矮山坡上成熟的田地有着相似的面容，小麦已经收割，像成排的戴着黄色草帽的孩子静立。多么忧郁的孩子。油菜荚密集。这些锐利的骨节凸现的手指，抓着天空。不久之后，它们将爆裂，流出黑褐色的滚圆泪水。再以后，那该是冰雪覆盖的冬季，它们在灶间黑铁的锅里冒烟，哧溜一声消失，然后温暖人们的胃。

朗阔。9月的河谷弹射开去，两端浸润在阳光中。卵石和青草点缀的河岸长满植物，青杨、沙棘、红柳，一两株孤立的云杉，它们的叶子尚未枯黄。

河岸高地，一棵又一棵杏子树冒出墙头。黄土夯筑的院墙，木板印痕的凹陷处长出黄绿苔藓。青石台阶上土木结构的北房，它的左侧连接草房，右侧是烟熏火燎的厨房。院中央的白色经幡啪啪作响，隐约可辨的经文，黑色字体早已被雨水洗去。香炉，红砖砌成的神圣所在，初一十五的桑烟曾经升腾袅娜，柏枝混合糌粑和青稞焚烧，那奇异的芳香洁净，诉说万物有灵。镂刻有花朵、狮子和鸟雀的门楣，松木门板纹路粗糙，密布小刀和羊角的划痕——在此之前，它是那么光洁，纹路清晰，饱含水分和浓郁新鲜的松香气息。现在，木门是干燥的，对联已经泛白。染着高原红的孩子蹲在村口土堆旁，用铲子挖着锅灶，他们那么小就懂得演习琐碎生活。菜畦里有新绿的油菜。路口的波斯菊，深紫、粉红、纯白。不久之后来到的孩子，是否也要摘下它瘦长的荚果，用细碎的牙尖嗑开，慢慢咀嚼。

转个背，我不再是彼时玩耍阳光的女童。眼前却依旧是舒缓的、静谧的、寥廓的高原时光。

　　　　　　　　　　　　　　　　　　群山奔涌

隆务

从西宁开往隆务镇的大巴车停在运输公司的院子里。一路颠簸，长时间的阳光灼烤，铁皮滚烫，渗出油漆的味道。踏出车门，迎头扑来的，依然是明晃晃的阳光和浓重的酥油气息。我想在许多年前，以及源源不断的跟随而来的旧日时光中，许多商贾，僧侣，游子踏在这里的第一步，溅起的，大约是同样蓬松柔软的阳光之羽。

阳光弥漫。隆务镇宽阔的水泥路面上，银钢摩托车呼啸而过，喷吐烟雾。阳光里的藏族少年，长发鬈曲。姑娘的鼻梁高挺，辫子乌黑，缀满贝壳、红玛瑙、藏银和珊瑚的珠子。藏袍下的身材苗条而颀长，大红大绿的天然之气。缓慢走过的老者，看不透古铜色脸上的表情，轻声念诵经文，手指拨动念珠。着猩红袈裟的僧侣，当街缥缈而去。矮小的树木，缺乏足够的水分，榆，青杨，柳，叶子低垂，蒙着亮光。灰色楼层，电线杆子，单位门口的彩旗，几只左顾右盼的狗，以黑色为多。影子在它们身边，不知道是谁在缓慢行走。僧侣店铺，摆放猩红袈裟，黑色靴子，土黄色布包，帽子，流金溢彩的唐卡。曲调如同高天的藏歌长时间播放，空气里布满茯茶的味道。站在小镇北面的高地上，我看见静伏在隆务河边细微光芒中的高原小镇蒙着尘埃，呈现出区别于外部的气质。

吐蕃，羌，吐谷浑，汉，西夏。争夺，占据，穿梭。黑毛茶，羊羔皮，黄烟和马。陶罐上的蛙纹，口念咒语，经文。风沙走石，暴雨，干旱。刀，柔软肚腹，鲜血。疾病，天花，鼠疫。生涩，路尘，咯吱作响的幽晦楼梯。简短的词语，背后潜藏丰厚的，宽泛的，如同牛毛般细密的过去。这是混合的，骨子里又分门别类的时日。一如黄土的庄廓质朴，门和檐下的细节各不相同。资料说，明清时期，隆务地区僧侣剧增，许多回族商贾蜂拥而至。乾隆二十九年，夏日仓六世活佛圈地百亩，建成商人居住区，开南北城门各一。于是渐渐兴起这个小镇。现在有寺可证。

我在金光闪烁的隆务寺迷失方向，仿佛行走在巨大的唐卡之中。寂静和光芒统治这个黄昏。宫殿静谧，巷道幽深。经院半开的红色大门内，青砖磨损，砖缝塞满车前子、蒲公英、防风和茅草。僧侣居住的庭院土墙剥落，屋顶荒草细茎细微抖擞，土层掉落的檐间露出破旧的檩条椽子，依稀见得早年斑驳图案。夕阳绚烂，扭头，我看见自己修长的影子挂在寺院的红墙上，双脚没在墙根的荒草中。一瞬间我看见自己的少年，青涩，满怀渺茫的希望。

晚8点，有人从群艺馆搬出笨重的黑色音响，锅庄舞曲——这瞬间爆发的亮光，划过人们的耳际，催促他们从锅灶和电视机旁抽出身来，穿过楼层和巷道，会集在广场之上。广场的背景墙上，低眉垂目的度母在祥云中降临。四拍，八拍，舞曲激越。圆圈，旋转的圆圈。一圈，两圈。一个人转，两个人面对面转，三个人手拉手转，一群人，你跟着我转，我跟着你转。鼓点，舞步。圆圈越来越大。雄壮。观光的游客举起数码相机。闪光。我看见粲然绽放的笑脸。男、女、老、幼。

深夜，闪耀银白鳞光的鱼群聚集起来，在暗沉的黑色天穹下，形成一个光泽炫迷的圆圈，仿佛无尽夜空里的银河。它们旋转，抬升，顷刻又降落，游动同一个姿势，严格局限在河的光泽之中。那么齐整，没有逃逸者蹿出。恪守一种思想，并不言语。我看见鱼群专注划一的眼神，仿佛无数道清洌的光芒——睁开眼，我的耳畔依然是铿锵的锅庄舞曲。

清晨，新鲜的、色泽纯正的太阳光穿透青杨树叶，斜斜照在门前的桑炉上。桑炉里煨着柏枝和青稞炒面。青烟从桑炉中飘上来，整个村子浸在金黄光线和缭绕青烟织成的朦胧中。桑烟有着强大的感召神灵的能力，能迅速过滤驳杂，洁净万物。当太阳光穿过吾屯村藏式庄廓的院墙，庭院里廊檐上，墙裙上，门楣上，自家匠人雕刻的卷草、旋花、云纹、水波，纷纷涌出。这是个安静的村子，有人骄傲地告诉我，说张大千先生曾慕名专程来这里学习，并邀请吾屯画师到敦煌临摹作画。

呀呀作响的松木门推开，绿叶掩映中一位老迈的画师坐在敞开的屋子里凝神绘唐卡。阳光扑进来，覆盖在他瘦小的身子上。他的宽大藏袍色泽暗淡，上面布满酥油斑点。他握着画笔的手裸露在清冷的晨风中，脸上是强烈紫外线灼出的暗紫伤斑。他仿佛已经在那里入定，看不到身边尘埃在光线中的舞姿。他的背后是青石铺砌的空阔院落，石缝间夹杂蒲公英明黄的花朵。他面对着描绘佛祖（佛祖的眼珠尚未点出）的美丽画卷，背影凝固。我知道他正在行进，穿越佛经丛林，内心喜悦。

画面上空祥云缭绕，天花飘舞，释迦端坐五彩云之间的莲花台上，面容庄严慈祥，周身金光四射，左有月神，右有日神，阿难尊者紧随身后，天王手持七宝华盖为尊师遮尘。尘世之人聆听教诲，茅塞顿开，福至心灵。

拙朴的线条在幽暗房间生辉，浓重艳丽的色彩大胆热烈。语言幻化成色彩、图案。世间美好，人们自当珍惜。

我坐在他身边，记录下绘制一幅唐卡的细节。

选择一张富有弹性的白色棉布——这多么像一个空白的生命，用针线缝制在木框之上，刷浆（牛胶、矿石粉和清水的比例为3：2：1），打磨。心藏造像尺度的画师身边是大把绘制的工具：毛笔、炭笔、老鹰羽毛、手垫儿、圆规、弹线尺、调配颜料……画定位线，打草图，白描，上色，晕染，开眼，勾金线，点睛，装裱。一张白棉布在他们的手中成为精密祥和的佛经故事。繁复漫长的变化历程，红黄蓝蕴含世界的构成元素：天、地、火，或说天、地、地下三界。蘸笔的特殊讲究：白色、石黄和雄黄，务须从雪山顶处取；大红、橘红、副粉色、金粉、银粉和金属色类，务须从碗壁蘸取；青绿色类则需从海底捞。勾金的顺口溜：昂贵珍宝之金液，用于冠冕等装饰，红与橘红勾边线，飘带衣裙绘缎纹，龙凤孔雀等图案，岩石树叶和美宅，半璎珞和首饰。形态和颜色之间的紧密关系：形态虽佳着色差，如同美女着褴褛，难现婀娜娇美体；形劣色佳不足取，如同八旬涂脂粉，难能打动贤者心。

"有时一幅唐卡要画一年多，有的局部需要用放大镜才能看清楚。"老画师说。我看着老画师一笔一笔添上狮子的鬃毛。这是一双"因循守旧"的手，暗藏承继不绝的定力。这样的双手在村子里随处可见，他们从不在唐卡上留下自己的名字。因为"美丽的蓝天是松石的宝盆，灿烂的阳光是纯金的装饰"。他们是精致唐卡上的细微光芒，即便遮蔽在幽暗屋宇，我们依然能感知到无声却又蓬勃的灿烂绽放。

麦秀

数以万计的阳光碎片抛洒在麦秀山上，晃一晃，泠泠作响。深红、浅黄和墨绿的大块色斑栽植在起伏的阳光之上。它们的边线相互晕染，过渡，但在色块的中心，堆积厚重的新鲜颜料，尚没有笔尖蘸水去稀释它们。我依稀看清承载它们的叶片，红叶长在能结出小果的黄刺和一些杂树上，黄叶长在青杨和红桦上，绿叶，是那从不改变容颜的圆柏和云杉。往下，拨开它们的衣衫，幽暗清凉的林间阴影里，依然晃动绰约斑斓的身姿。沙棘、野蔷薇、金露梅、苔藓以及蘑菇和它们自身的骨架。黑蚂蚁出没的皴裂树干，滴淌的大颗浓稠松脂，揭一下就能掉下来的薄桦树皮。去年的朽叶和松针堆积在地面，裸露的根茎仿佛弓起的兽脊。松软肥沃的土层下，遍布毛发细丝一样的幼小根须。生活林怪的盛大空间，隐秘的细节飒飒作响。金色的虫吟和鸟鸣，静谧中的喧响。从林间探出头来，青色的隆务河甩着油亮水袖，山石蹲踞河中央，溅起透明水花。

这样的高寒林木，我想到它藏在深处的药材和精灵，那是它博大的精魂所在，一如素朴的袍襟底下，所凝结的超越形式的生命密码。我怎么都辨认不清的冬虫夏草，三五年才能开花的高山雪莲，硕大叶片如同伞盖的大黄、羌活、甘草……雄鸡在大雪封山的日子会剪着苍茫到山下村落，马鹿有着江湖恩仇的决绝，笨拙的棕熊偶尔摇摇摆摆走过山路，岩羊机敏的眼睛是这林间闪电……

秋天，这是转场的时间。黑牦牛驮着用自身长毛编制的帐篷，从高山上下来。沉默的高原之舟，一直驮着阳光行走。牦牛绳横在前面的路上，走过去看，像是庞大蚁群搬家的队伍。林棵间洒下的阳光有着锐利的劲道，仿佛升腾的梦想，它们在蚁群身上，成为金棕色。

我想着夕阳下的隆务河，是更为庞大的搬迁蚁群。它们搬迁清凉记忆、时光和静谧无声的生活，有着倔强的金色力量。

2010 年的祁连

车子沿着祁连山的方向由东南向西北行进。这是一条我在地图上游走了很多遍的路线，甚至闭上眼睛，我都能描画出构成祁连山的这些线条。这并不奇怪，因为我曾在其间某根线条的中断处度过我的童年，也曾爬上其间某根线条的最高处，看云海在脚下汹涌，即便是现在我生活的地方，一抬头，依旧可以看见远处山顶的薄雪，它们时刻存在，并不为某一个季节安排。而此刻，在这些线条之间，在这个被誉为全国六大牧场之一的青海祁连县境内，我如同一条微茫爬虫向着西北方向行进。我的两侧，连绵起伏的祁连山脉罩着白雪，这是横亘在蒙古高原和青藏高原之间的苍茫大山，是连接天山和帕米尔高原的手臂。其实汽车在公路上行驶，稍不留神，车速就上到 140 码。这条公路建成的时间显然不长，路面平展，来往车辆少，长时间行驶，甚至让人忘记是车子在公路上疾驰。路上遇到一辆牌照为晋 A 的越野车，前车盖已被一场碰撞揭去，留下锯齿似的边缘，里面依旧运行的一堆零件在阳光下发出铁的青灰色光芒。越野车丝毫不为彻底的毁容难过，依旧呼啸着驶过，仿佛是这草原上奔驰的骏马，不为缰绳拖累，忘乎所以。

祁连山两条山脉之间的大走廊，宽广，辽阔，简洁。简洁并不是说寥寥数笔，而是构成走廊的组成部分分明简练。静伏河流，茫茫西去的沿山牧场，缓慢上升的草山丘陵，山坳里的炊烟，层次分明的雪山，如同染色的蓝天，大朵白云，耀眼光线。如果列举一些更为细碎的部分，牛羊群、马匹、迎风抖动的茂密草茎、牧民砖混结构的定居点、峨堡、五彩经幡和黑色藏狗。它们似乎近在眼前，可是轻易走不到它们跟前。所有曾经熟悉的长度单位、数量词、空间，现在都失去具体含义。就是这样，如此辽阔下，距离和边界不再拘泥于一点一钩，甚至不需要界定，所有存在自由自在。再没有惯常所见的仓皇，飞蹿，奔忙，一切敛声屏气，也失去时间概念，沉稳镇定，不声张。但是有一种磅礴气势，巍然兀立，不为任何流动事物所打动，与世无争。我原先还带着些奔向前方的焦灼，认定前方无比绚丽，但在此刻，前方突然失去诱惑。所有组成美好前方的神秘事物现在一一呈现：牡丹花瓣一样舒卷的云朵，蓝而高远的天空，山峰连绵逶迤的曲线，细密金黄的太阳光，清冽芬芳的气息，缓缓向前的河流，均匀厚实的林立草茎，老人一样安宁祥和的时光……这草原之上，雪山之下，这河谷之间，牛羊面前，我看到一种人与万物的接近与开放，像远古那样，质朴疏朗。

在这样的地方，再无法思及自身琐碎。尊崇卑微或者富贵贫贱都不值得提起，如果偶尔要想些什么，也只是一些关于这个地方的从前，一些记载或者流传的片段：法显西行取经，相依于山麓南北的那对中亚青藏游牧民族羌和胡的嵌入与分离，汉武帝"断匈奴右臂"，断羌与胡之联系的梦想，霍去病占领河西走廊，匈奴嘹亮悲亢的"失我祁连山，使我六畜不藩息……"隋炀帝西征吐谷浑，覆袁川大战后"士卒冻死大半，后宫妃、主狼狈相失，与军士杂宿山间"的惨烈，宋代三角城，匈奴突厥，羌霍吐蕃，驼兵，浪人和移民……绊马索，冷箭头，黄羊角，牦牛毛；丝绸，烟叶，玉石，八角帐篷；炊烟，篝火，牧歌，响鞭；扩张，嵌入，对立，融合；崛起，兴盛，衰败，消亡……曾经的风起云涌现在都已寂静，所有片段都已零落成记忆，所有词汇也都风干在过往，似乎都不存在，但又能真切感受到那些曾经的存在如同河底巨石，缓慢沉积，并构筑出眼前的辽阔与雄宏。

与浑厚的草原雪山对比，羊群显得轻灵敏捷。在远处，羊群成为山坡上白色的一团又一团。邻座的孩子指着那里大声叫喊，饺子、饺子。扭过头，我看到羊群在山坡上，果真如盘盘刚出锅的鲜嫩水饺，饱满，圆润，聚在一起。不知谁的双手能拿着筷子掭起它们，我这样一想，即刻觉察到歉疚，想着即便在想象里，羊也时刻处在懦弱被食的地步。在近处，羊群甩着尾巴走过来，低着头。长着弯犄角的头羊走在前边，它庞杂的部族一地散开，看上去毫无秩序，却紧跟着头羊前行。它们的温顺和心无旁骛，仿佛远古时候某一天的再现。我见得文章里常说"洁白的羊群"，在此刻，当羊群穿过草丛，蹚过河流，走上公路的时候，才发现"洁白"一词在它们身上显得多么不合适。羊群花花绿绿，显得极为童真。这群羊染着红犄角，绿尾巴，那群羊染着绿屁股，蓝耳朵，望过去，河畔一群羊带着红彤彤毛茸茸的短尾巴。走一段路，过来一群羊，更是花里胡哨，左犄角红色，右犄角绿色，左耳朵绿色，右耳朵红色，眉心染着红点。想着羊群的主人都是大手笔，下笔一点都不轻，浓墨重彩。我看着那些纯正浓艳的色彩，想象着羊的心情，一定也如那些色彩般绚丽明亮。我甚至想象某个时刻，羊们偎在主人的怀里，任他（她）深深浅浅地点染，并不发表意见。而他也不会疏漏了哪一只，或者将一只羊点染成别人家的羊。他们早已彼此熟知，共同度着时日。早晨的时候，羊把人叫醒，人把羊群放牧到丰茂的草里去，傍晚，羊们又喊叫着，让人把它们带回来。羊带给牧人希望，也带给牧人劳累和苍老。一只羊老了，或者死了，人还年轻着。

牦牛却是矜持的，从不多走一步。在近处，仿佛是着黑色晚礼服的女王，在远处，散落成黑色的标点。在我的印象中，牦牛是彪悍的，有着暴脾气，动不动就低下头朝某个不值得发火的物件冲过去，牛蹄子踩在地面上"咚咚"地响，并飞起一身的长毛来，引得风呼呼地刮。现在，在草原上，它们簇拥着走过来，黑压压一片，仿佛一个黑暗的世纪重新挪过来。我扭身跑到远处，停下来再看它们，它们的大眼睛瞅都不瞅我一眼，只将长睫毛优雅地搭在那里，千古无忧地走自己的路，或者停下来，啃几口渐渐黄去的牧草。想一想也是，在它们眼里，我这个动不动就仓皇失措的人算什么，它们拥有的是广阔无际的草原，是天空，是整个河流，是天空一样澄澈和河流一样永年不息的时光。

我在小时候看见过祁连的鹿，现在看到它们，想着的，依旧是小时候见过的那头鹿。可以肯定我童年见过的那头鹿就是从某个鹿场逃出来，孤单地向东南方向行走，最后来到我们的村庄。它到来的时候，一身疲累，一条腿受到重伤，无力地撑着，但它的机警依旧在眼睛和耳朵里。那是寒冷的腊月，它在村子前的干草滩上停下来歇息，后来它大着胆子走进一扇青杨木板门，并在那里留下来，成为那个家庭的一员。它渐渐熟悉那个庭院里的事物：盛开在平阔屋顶的翠菊，墙角搁置的农具，雕着花纹的木格门窗，早出晚归的牛羊，趴在火盆底下呼呼大睡的猫咪，脸蛋冻得发紫的孩童，住在柏树里早出晚归的麻雀……现在，10月的阳光就那样温煦地照着整片金色草场，云的大块阴影飘过来，给一面山坡换上色彩，又抹掉，风偶尔掠过，暗含草药芬芳。几只鹿在那里，走动或者停留，没有声息，它们的机警与生俱来。鹿归根结底是丛林里的动物，只有在那里，它们才可以过有遮蔽的生活，而这片大草原更适合羊群和牦牛。

牛心山

在状如牛心的山上，我再一次看到"一山显四季，十里不同天"的景象。山下农田匍匐，墨绿青杨绕着农人屋舍。我是如此熟悉它们在某个夏季的模样：小麦和青稞的万千穗头映射出的太阳光芒沉静却又炽热，油菜花黄，色调如此浓烈奔放，蜜蜂匆忙，八宝河的水流平稳缓慢，转个背，云雀突然扎入青草纷披的田边洼地，它的吟唱还高高挂在天际……往上，衔接着农田的牧场持续展开，再没有任何事物可以遮挡阳光在这里的肆意泼洒，如果有，那也是一群羊的影子，一头牦牛的影子，一只狗，或者一个悠闲牧人的影子。再匆忙的时光，当它到达牧场的时候，总会停下来，然后转身，向着一个远古的年代走去，在它身旁，缓慢或者慵懒并不为过，它们依旧是时间之链上熠熠闪烁的环扣。牧场之上的森林，我曾经在那样的森林中度过童年的许多岑寂时光。青海云杉、祁连圆柏、白桦和红桦、山杨……云杉总是抢夺森林之上的阳光，这使得整片森林幽暗清冷，桦树依旧生长在云杉的树荫下，不卑不亢。祁连圆柏是喜欢阳光和岩石的树木，它总是独自生活在陡峭山崖的旁边。庞大繁茂的树冠下，是有着绰约身姿的矮小灌木丛：杜鹃、金露梅、沙棘……杜鹃有着奇异浓烈的芬芳，金露梅和银露梅是用来砌筑寺院鞭麻墙的主要材料。春天，灌丛开满野花，秋天到来，沙棘果一片金黄。灌木下，松针和朽叶的堆积使得土壤松软肥沃，裸露的植物根须，色彩绚烂的蘑菇，来往奔忙的小虫，它们组成的，依旧是森林静谧却又喧嚣的盛大空间。雪线之上的山峰，裸露青色山石，悬崖峭壁，深涧流水，峰顶积雪常年覆盖，偶有风过，刮起碎雪，迷蒙成烟——从山脚到达山顶，这四时之景彼此分明却又相互连接，它们彰显的依旧是自然的神奇丰饶与跃动不息的生命之力。

我在这里邂逅来转山的祖孙俩人。一辆轻捷的红色银钢摩托车停在一边的灌木丛中，车座后捎的灰色双肩包塞满了东西，我想那里面一定装着转山所需要的糌粑、柏香、青稞、酥油、哈达，或者还有刻好的玛尼石。已经健壮成熟的男孩子依着爷爷坐在草地上，从门源过来，老人已经70多岁，患有风湿病，腿脚不灵便，让孙子骑着摩托捎着爷爷转山，第二天了。闲谈中，我得知这简短信息。着皮袍的老人健谈，他的孙子十分羞涩。当我将胡乱摁动的相机镜头对准男孩子的时候，他并没有转过脸去，而是递出一个笑脸，这反而让我感觉到自己的促狭，连忙移开相机。此前，我曾将相机对准一个骑马的红衣女子。那女子原本从山坡打马而过，见我举起相机来，便勒住马转过脸来，露出自然的笑。那一时我对自己十分懊恼。重新聆听，他俩的方言中夹杂着浓重的藏语语调。此时10月的阳光从积雪的山顶清凌凌滑下，到达我们脚边时已经温暖，仿佛经过了烘烤。而在远处，阳光照耀在一块名叫"万佛崖"的悬崖峭壁上，无数花岗岩和花斑岩组成的石林正显示出它的奇异，说心有虔诚的人可以看见108尊佛像。我打眼看去，只见无数站立或者盘坐的佛像或慈悲或威武。同行的W君已经和老人谈到兴起。圣山的山峰是天地的汇合点，那里居住着神灵。老人一脸虔诚。神灵无处不在，树木、垭壑、石头、一个塄坎，它们并不是我们所看到或感受到的那样，许多神灵的力量活跃在其中，还有神灵的意志，人要时刻保持对它们的敬畏之心。老人的叙述有些断断续续，我用自己习惯的方式进行转述。W君明显有打破砂锅问到底的决心，开始给老人讲述愚公移山的故事，末了问老人对天帝命令夸娥氏的儿子背走两山怎么看。山脉保存着先祖之神，不能随意搬动，但是有一种魔力可以控制神灵，这是一种邪恶的魔力，它不会来自那个所谓的天帝，只能来源于人，这是一种武断的无限杂乱的力量。老人的解答有些困难，但他依然用自己的方式否定了那个神话传说中威力四射的天帝，并继续保持了他对山脉的敬畏和虔诚。

八宝

卓尔山上，夕阳金黄。山脚的麦子和青稞早已收割，成排的麦捆站在那里，宁静、祥和，虽然经过收割，五寸高的麦茬依旧戳着土地，保持着麦秆原先的黄。老成持重的大骆驼卧在地边上，黏稠的涎水垂在嘴角，它依旧穿着它土色褴褛的衣服，并不为此感到寒酸。一些勤快人家忙着打碾。木锨扬起，小麦颗粒洒落下来，细碎的麦芒随风飘扬，到处都是。人在麦芒的风里穿来穿去，早已是麦芒做成的人了。往上，山顶草色不再染一丝绿意，也不再润泽。阳光中环顾，土壤，草坡，麦田，蜿蜒向上的小路，青杨树，红砖砌就院墙的庄户，蜀葵枯萎的枝干……别人的故乡，此刻，它们本身的黄融进夕阳里，竟分不出是谁的黄色来，仿佛自古存在，此时愈加茁壮。

是坐落在卓尔山下的小镇，八宝镇。说"八宝"原系藏语意译，指藏族吉祥八宝，即吉祥结、妙莲、宝伞、宝瓶、海螺、金轮、胜利幢和金鱼，俗称藏八宝，又有物八宝一说，指金、银、铜、铁、麝香、鹿茸、大黄、黄蘑菇。我更喜欢实实在在的物华天宝。傍晚原是一天中极为嘈杂的时刻，日影西去，小贩收摊，行人回归，店铺关门。我以为这样的时刻会同时降临到任何一个地方，天南，或者海北，这让我对即将到达的小镇保持固有看法，想着不过又是一个令人行色匆匆的日暮时分。等站在暮色之中，发现小镇破例呈现出宁静甚至安然的一面，似乎过去那个白天，以及此前无数个白天，小镇从不曾染就过这个提速时代的匆促和慌张。趁着暮色到来的大型车辆停靠在小饭馆门前，它蒙着草绿色塑料布的车厢被某种货物高高绷起，司机坐在饭馆简易桌凳前进这一天里的第二顿饭，牛肉面、烩面、炒面片、炮仗、粉汤、退骨牛肉、大盘鸡……蒜苗、葱花、孜然、芫荽、红绿辣椒、煮熟的白萝卜片、牛肉汤，它们一律盛放在白瓷大碗或者描有简单花朵的大瓷盘里。透过罩着油烟的玻璃，可以看见操作间里健壮的青年正将大团面块娴熟地抻成均匀细长的拉面。窗户外别人家风干的黄蘑菇用白色细线穿起，挂在店铺门口，成为这一扇窗户的装饰。那是来自草原上的特产。肉炒黄蘑菇已成为这里每家饭馆的特色菜肴。在渐次暗沉的暮色中，我看见有人直接将黄蘑菇屯在街道角落里兜售，顾客寥寥，卖家并不焦急担忧，只坐在摩托车后座上看黄昏渐渐浸入街镇。

夜晚到来，这依旧是我所熟悉的高原，清冷、寂静。月亮悬挂天际，硕大，仔细看去，依旧能看到童年时所见到的婆娑桂树和玉兔。熠熠月光下的小镇，一如既往地露出它一直拥有而且不为此惭愧的宁静幽暗。路灯寥落，红绿灯指示着并无车辆往来的宽阔十字路口。偶尔一阵风旋过街角，朝远处飞去。这是 10 月上旬，暖气早已烧起，热气自窄小房间的角落升起来，温暖、干燥，时有木头烘干的噼啪之声。这样的夜晚不需要电视。将头从窗口塞出去，于空旷处胡乱探看。许久，一辆卡车驶过来，停在十字路口的红灯前，耐心等待。我原以为它可以直驶过去，因为路上再无车辆，但它固执地站在那里等绿灯。街道拐角处，昏黄灯光下，一位女子走过来，挎着包，然后停下来等什么。转个身，卡车已经走远，空荡荡的回声穿过来，仿佛时光流转，这依旧是尚未被喧嚣覆盖的古老之地。

　　　　　　　　　　　群山奔涌

刚察

车子一直驶不出青海的刚察草原，这让我暗自愉悦。我甚至希望车子就此出些问题，将我们像爬虫一样抖落在草原上，然后在那里生下根去，茁壮。但是不能。车子不停地扔下大丛淡紫色的马先蒿，又迎来紫色的一大丛，车子的速度快过远处的白云，像风一样。刚察的云像白色的城堡堆在天边，并且腾挪、翻卷，偶尔一两朵蹀躞到中天来，牡丹一样展开丰腴卷曲的花瓣，没有一只手可以伸上去抚摸。这样徐缓又厚重的云压着山脉，终于使山脉成为一条柔韧的暗绿色虚线，任意起伏、延伸。仿佛边际，又不是边际。后来，我想，在草原上思谋边际是一件多么没有意义的事情。

金黄的油菜田在窗外无止境地铺展。我憋着一口气，等待在田塍出现时呼出，这使我的呼吸极度悠长又慌乱。这些油菜收割吗？我问邻座沉默的人。随即我自己给出答案，肯定要收割。问题的关键是怎样收割，就像怎样舀尽一条河流的水，或者怎样抹干净一天的云。笨重收割机、锃亮镰刀、布满老茧的双手？邻座似乎迷失在辉煌的油菜中，没有给我满意答案。我于是发挥惯常的想象：在那油菜荚噼啪爆裂之际，神的双手从大地上举起，然后是黑褐色的圆润籽粒沙沙归仓。

我熟悉一棵油菜在高原上平凡的一生。春天播种，夏季锄草，秋天由农人的双手拔离土壤，深冬打碾，然后在一个清冷的早晨或者傍晚进入昏暗沉闷的油坊，重重挤压，最终成为芬芳奔涌的液体，并且成为农人漫长清贫生活中的一个瞬间。当然这是我故乡的油菜，它们不同于我现在所见。我所熟悉的油菜，蒿秆，充沛有力的菜薹，密集的十字形花朵，纷披的长荚，忙碌的蜜蜂，新娘一样的七星瓢虫，稍带辛辣的芬芳，弥漫紧张。而现在，我看见的油菜，低矮，稀疏，开白花的野草藏在茎叶之下，叶子细小，油菜田广阔，随意散漫，花色金黄，灼射光芒。

我想象这样的油菜在籽粒饱满绽裂草原时的声响，是否也像我读"刚察"一词一样清脆利落。在后来，我总是习惯像称呼一只钟爱的猫咪那样吐出这样两个字：刚察。这两个字不适用普通话读：刚—察（Gāng—Chá），阴平硬从高处降下来，成为中音，再升上去，仿佛有物事从陡峭的山崖上坠落，沉闷片刻，然后发出尖叫。我用青海方言来读这两个字，刚察（Gang—Cá），轻音滑上去，顺口多了，仿佛鸟儿在高处一开口一抖翅，又清脆又利落。当然，我用普通话来读的时候，凝着浑身的力量，却只能局限到音调和字体，仿佛喷吐浓雾的茶壶，发挥不出任何具体想象。我用青海话一读，眼前便会扑啦啦飞过一些绝美的影子：蓝而高远的天，大朵白云，望不见边际的金黄油菜田，羊头骨垒成的高大峨堡，贵妇人一样的黑牦牛，猎猎作响的五彩经幡，湖，祭海台，游鱼和展翅的大天鹅……我同时还能感知到高原阳光发散的芬芳，燥烈夏季风，山顶积雪的清凉。如果往纵深里去，我甚至能看到古老的刚察部落英雄尕科的身姿和辗转迁徙断骨取髓的刚察部族。

在藏文里，"刚"是"髓"的意思，"察"则有断骨之意。说游牧在青藏高原的古代藏族信奉佛教，教义严格规定，婴儿出生后，必在口内放入一些酥油，以示吉祥。当时居住在青海湖畔"环湖八族"之一的刚察族生活清贫，困于生计，婴儿出生后没有酥油可放，于是毅然断牲畜之骨取其髓，以髓代替酥油，祈求吉祥。刚察

群山奔涌

由此得名。

傍晚，火烧云漫过西天，暮色笼来，先前所有曾经明丽在草原上的色彩逐渐褪去，山从远处搬过来，无比高大。草原却在沉下去，月亮像纯银的耳钉，成为朦胧中唯一闪烁的光源。我在白天所看见的秀美在草原上的淡蓝、纯白和明黄的花朵，草丛中隐去形迹的虫豸，暗含汁液的经脉，刻着经文的玛尼石堆，高大峨堡，五彩经幡，黑帐篷，笨重藏狗，铁丝网围栏，闲散牛羊，都融到暮色里去。神秘和苍茫开始披上它们的黑衣。

我像所有路过哈尔盖的行人一样，扭头张望。我以为会看见铁道兵留下的失去玻璃的旧房子，大仓库，废弃铁轨和二层小楼上红色的"哈尔盖"三个大字，但是不能。随着浓稠夜色围拢过来的，是我先前翻阅和听说过的一些笼统的数字和名词，以及一些记录和说明的句子：哈尔盖在蒙语中是黑色大帐篷的意思，这里海拔 3200 米，缺氧量高达 30% 到 40%……作为有名的风口，八九级大风在这里司空见惯，冬季最低气温可达零下 30 多度，年平均气温不足 10 度……哈尔盖车站因哈尔盖镇命名，哈尔盖镇位于刚察县南部，铁路没有修建前，哈尔盖仅是一个有几十户人家的小村落，1974 年 12 月，青藏铁路一期工程重新上马，哈尔盖至格尔木 653 公里的线路交给铁道兵，铁道兵第七师（现中铁第十七工程局）和十师（现中铁第二十工程局）接到施工命令后，两万多名官兵从四川、贵州等地，紧急向青海集结……自然，最熟悉的，依旧是西川的诗："……在这个远离城市的荒凉的 / 地方，在这青藏高原上的 / 一个蚕豆般大小的火车站旁 / 我抬起头来眺望星空……"（《在哈尔盖仰望星空》）

想象那时哈尔盖车站曾经浓郁热闹的生活气息：倒班的铁路职工，戴着花头巾卸煤的家属，行人，背风而坐吃糌粑的牧人，形容枯槁的流浪者，站台上拎着热水瓶卖水的女子，一杯水只要5分钱，买炸湟鱼的男孩，湟鱼细小的身子上裹满鲜艳的红辣椒；更多的孩子跑到远处的溪水边，唐渠农场，铁路子弟学校，或者热水煤矿所在的草原，10公里外的青海湖边，在那里逮蚂蚱，抓蜜蜂，采野花，捡蘑菇，拾青稞穗，或者掏百灵鸟藏在草丛里的窝；职工家属用石棉瓦、竹帘子、旧席和旧枕木围成的大院子里种着韭菜萝卜，鸡窝里雄健的公鸡，铁丝晾衣架，悬浮青稞面粉粒的幽暗磨坊，裁缝铺；游荡的黄狗，黑猫，大白鹅；车站附近的商店，出售土产、烟酒、蔬菜、水果、衣服、鞋子、布料……

　　而现在，它们荡然无存。车窗外依旧星空悬垂，墨色晕染的高大山脊似乎要横穿宇宙，失去色彩的草原没有灯光，也没有声音，甚至没有任何形迹。辽阔、肃穆、寂静像冬日弥漫的雪花那样笼罩着哈尔盖。"这时河汉无声，鸟翼稀薄"，多年前，西川所遇到的刚察的哈尔盖夜空，现在无所遮蔽地呈现。

　　　　　　　　　　　　　　　　　　　群山奔涌

仙女湾

鸟们在清晨醒来，仙女湾重又成为庞大的演艺厅。棕头鸥、赤麻鸭、渔鸥、斑头雁……它们从水汽迷蒙的湿地起飞，掠过清辉弥漫的湖面，在湿地上空的灰白晨光中打开它们的歌喉。怎样谛听，都无法分清节奏、曲调、和声和旋律，也辨别不出高低、疏密、强弱和刚柔。我熟悉或陌生的蓝调、灵歌、嘻哈……它们一齐出现，恢宏如节日来临。

闪烁清凉露珠的草高过脚踝，裤脚迅速湿透，寒意从小腿向上渗。分开茂密草丛，踩下去，脚底依然是柔韧多汁的草茎。草叶掩映处，是大丛粉红明黄淡紫的小花朵。薄绸似的花瓣，精巧对称的古典图案，黑色小虫子爬上去，在花瓣上晕头转向。水汽依旧浓重，仿佛每一棵草茎和叶脉都在向外输送看不见的露珠。

太阳很快升起，环顾，失去边际的水泽地开始耀射成片光芒，仿佛无数个小太阳嬉戏其上。远处湖水荡漾，天域辽阔。一时间，所有的光与影，所有的祥和与宁静，所有的渴望与终极，现在都一一呈现。

依然会想起许多年前青海湖泛出晶莹光芒，仙女奏琴吹箫，仙鹤翩然飞舞，仓央嘉措踏浪入海、归于天堂的传说。"遁去""营救""放行""病逝""失踪""自杀""谋害"，关于一个人消失的可能性，后来人用尽所有想象和推测。在这种种之间，我只愿选择"遁去"一说。我在读所谓仓央嘉措诗歌的时候，总有所怀疑，我不知道那流传下来的诗歌中，哪一首才属于他。曾缄的七言本，刘希武的五言本，于道泉的自由体，哪一本更接近于原文。《东山诗》

中的"ma-skyes-a-ma"到底是未生娘、少女、佳人，还是人们反复念叨的"玛吉阿米"。在我后来的阅读中，我依据自己的理解，逐渐明白仓央嘉措所谓"耽于酒色，不守清规"的佞言，不过是仓央嘉措不愿受比丘戒，希望将以前受过的戒解除而已。他有过化解教派纷争的宗教理想，也有过建立一个稳定健全的政治制度的理想，但他的作品更多的是反映自己在缺乏人身自由，深受陷害的情况下，对第巴桑结嘉措的怀念和佛法修行的心得，他的诗歌从密宗的角度出发，全能地做出了宗教上的诠释。

我因此想象，1706年冬，被"诏送京师"的仓央嘉措路过青海湖畔时，刚察草原的寒冷如铁骑肆虐。那一时彤云低垂，雪山黯淡，牛羊失去踪迹，百灵忘记鸣叫，黄鸭早已逃遁，仙女湾湿地已冻结成冰。哨儿风扑来，带着雪粒和冰碴，打着尖厉呼哨，它钻进每一个事物的微小缝隙，任意逃窜。毡氇、毡房、皮帽，没什么可以御寒了，如同没有更多选择的余地，圈套像雪花落下来，罩着来时的路，梵音和诗歌无法去温暖它们。那曾经生活过的门隅，葱郁树木，雪线云影，还有开在4月桃枝上的鲜花，依旧比诵经声还安静，而那佛光闪烁的布达拉，人人都在武装。仓央嘉措看一眼远处的大天鹅，那些从遥远北方迁来的冬候鸟，洁白安详，如同世间的尊者，漫步湖岸，翔于低空。它并不理会这世间的纠结，不理解灰飞烟灭，它也不知道纷争和密谋，权力和陷害，它看到的，永远是水泽之上随风舞动的雪花，是一低头时，那藏在草茎中冬眠的虫豸。佛法藏在天地间，自己却就此别过。仓央嘉措转过身，雪花再一次降落。

沙柳河

人们低下身子，伏在水泥大坝的铁栏杆上观看，有些人举起相机来，对着哗哗流水不停地拍，游人模样。他调的是微距吗？我从没有过给一条滑溜溜的鱼拍裸照的经验，也不曾抓拍它们活蹦乱跳的模样。人们唏嘘惊叹。我知道，此刻，那水面之下，正有无数条湟鱼小鲤鱼跳跃起来，朝着水流的上方，正在用渺小和微弱创造它们生命中辉煌的一瞬。我挤过去。我原本是要离开，但我还是又一次伏下身去。我的样子仿佛在给那些小小的鱼鞠躬。

"半河清水半河鱼"，这条河流两岸原本长满了沙柳，因此叫沙柳河，我不曾亲眼见到那些水边植物葱绿旺盛的过去。现在，这条河流两岸除了大大小小的碎石和丛丛野草，再没有一棵高大茂盛的植物将它们的阴影投下来。草原的阳光无遮拦的烤在石头和水面上，也烤在青白色的水泥大坝上。蹲踞的坝面上横砌着许多条水泥台阶，河水从大坝上摔下来，并没有溅起白色浪花。水势浩荡，不激越。草原上的河，暗含劲道，表面却依然倒映亮白天光。大坝下回旋的清澈河水中，遍布密密麻麻的小湟鱼，它们摆动灰褐色或者黄褐色的小身体，仿佛摇曳着无数面窄小旗帜，呐喊。一寸，或者两寸，那么小，但是它们的目标那么专一。扭动，回身，再扭动，然后跃起。它们跃过水泥台阶的概率并不高，许多鱼依旧落下来，溅在水面上，或者被水流冲到更下方。这并不是结束。扭身，游动，跃起，再跃起……我看着一条小湟鱼跳了三次才跃上一个台阶，而整个大坝，有30多级台阶。隐藏在小湟鱼柔弱身体里的坚韧和倔强，以及河流的坚韧和倔强，弱小与强大，它们对峙、坚持、冲击，像一场旷日持久的战争。我站在它们旁边，想说的每一句话都成了废话。

推开哗啦作响的铁皮大门，涌现在眼前的，是许多水泥砌就的小小鱼塘。靠近去，看见波动的水面下，静伏无数湟鱼苗，也只有麦芒大小。小院静谧，铝合金窗框和大块玻璃正折射出耀眼阳光，这使得小院如同葵花般灿烂。这是位于沙柳河镇上一户养育湟鱼苗的人家。健壮羞涩的女主人正在拌湟鱼饲料：磕开鸡蛋，剥离蛋白和蛋黄（最好不用蛋白做饲料），磨细黄豆，取出熬熟的猪油，加盐，搅拌。饲料撒下去，小鱼们纷纷争食。"饲料一次不能喂得太多，"女主人说，"一年湟鱼长一两，养一年才能放生。"扭过头，我看到女主人脸上的慈爱和悲悯如同此刻阳光。"你错过了放生节。"女主人补充。

傍晚，在县城一户屋顶盖着红色彩钢瓦的农家院，我遇到大盆种养的花。夹竹桃、天竺葵、倒挂金钟、月季、四季海棠……花开得并不娇艳，偶尔探出一两朵，似乎跋涉许久，满经脉的倦意，那枝叶也蒙着一层萎黄，似乎正在枯去，白蝴蝶却多，无声息地翩跹。猫咪四仰八叉地睡在花盆下，太阳光转过去，也不知道挪一下窝，黑狗描着黄眼圈，瞭一眼，吠一声。院内大片空地，葳蕤野草贴着南墙脚。想着春来撒几粒菜种，肯定葱绿。但是这家女孩告诉我，"我妈妈不会种菜。"女孩回答得理直气壮。这让我气馁。厨房里雾气腾腾，人们正在为客人准备全羊系列：开锅肉，血肠（羊血加蒜苗、姜末、花椒末、盐和羊肠灌制而成，煮血肠时需要用一枚大针在鼓胀的血肠上戳个气孔，以免血肠爆裂），羊筷子，白条，煮羊头（羊角已经截去，留下两个眼睛似的黑窟窿），羊终究是这个世界上最温顺的动物，它生存的意义就是毫不吝啬地献出自己的每一寸肌肤。厨房一侧的红砖墙上，悬挂着白粗线穿起的黄蘑菇。蘑菇已经风干，失去色泽，像一串古人遗失的项链。此前，在县城的小街上，我看见这些来自草原的黄蘑菇大堆大堆摊放在水泥地坪上，等待出售。一斤20元，靠摩托车而站的长发男人并没有将黄蘑菇迅速卖出的热情。

这是招待贵客的高原饭食，它体现的依旧是夯实拙朴的高原心情。奶茶、青稞酒、羊系列，中间加几盘菜：黄蘑菇炒肉、蒜泥拌黄瓜、香菜拌萝卜、酸辣土豆丝、虎皮辣子、酿皮，鲜辣麻香。其间主人进来带着歉意地微笑，说没有湟鱼。尽管在湖畔吃湟鱼是想象中的最高待遇，但一年长一两肉的小小湟鱼，我们又怎能下筷。

岗什卡

站在达坂山山顶，看祁连山北麓，群山连绵，如一道涌起的青色海浪耸立天边。山下大通河谷一片金黄，百亩油菜花正在盛放，如同奔泻的金色河流，将河谷溢满。依稀可见穿过油菜田远去的公路，路边杨树连缀成为墨色线条。朗晴，天空唯一的云飘浮在对面山巅，如两条蛟龙对峙。一龙矫健，意气风发，势在必得；一龙羸瘦，但也不肯示弱，倔强地昂起头来，试图腾飞。

金黄的大地上，几亩青稞田里的绿色斑斑块块，野草葳蕤的田埂上，吃草的奶牛吊着庞大乳房，小云雀在一旁起起落落，鸣声嘹亮。走过油菜地，熟悉的油菜花芬芳扑面，居然没见到蜜蜂嗡嗡穿梭的情形，有些奇怪。不远处的路边，养蜂人正在出售花粉、蜂王浆和花蜜。有人坐在路边，用野花编花环卖给游客。她们身边的篮子里，是采来的大束狼毒花、太白韭、油菜花和唐松草，也有院里种植的金盏菊。一个男孩拿花环过来，10块钱一个，买下。花环有点小，我去换个大一些的，跟编花环的女子闲聊几句。

一路直奔目标，到岗什卡雪峰下时，忽然雷声大作，冰雹夹杂雨点铺天盖地砸下，敲击地面，"砰砰"四溅，雨水瞬间汇集成溪流漫过地面。一家烤羊肉串和卖酸奶的摊子迅速撑起红色大伞，男主人继续烧烤，小女孩坐在一边默默将羊肉块穿到铁扦子上。旁边系风马旗的经筒一直静止，无人转动它。一个男子将相机放到地面，对着镜头做各种造型自拍。胆子大一些的人，裹起能裹的衣物，越过系有哈达的木头围栏，试图向冰雹迷乱的雪山进发。

岗什卡雪峰的积雪，从远处看，依稀见得，到了近处，反而看不见多少积雪，只有锥体似的山尖耸立眼前，沟槽里积雪的白与山脊的黑成为对比分明的线条。雪峰一侧的现代冰川自云雾中露出一小片来，光滑洁白的冰面如瀑布垂下，没有蓝光闪烁。这里海拔已近3900多米，含氧量不足14%。雪线恰在这里，山体流沙与植物在此互不相容，各自逞强，植物们要艰难向上，流沙要冲刷下来，结果针锋相对，彼此以尖锐的角冲进对方的阵形中去。涧水似一股白浪，自山坳冲出，一路奔袭，蜿蜒向下。溪流旁一块滚落的大石被人系上白色哈达，一顶矮小的牧人帐篷独立水畔，不见牧人。

冰雹很快变成大雨，瞬间雨帘密布，看头顶天空，乌云成城。不能继续前行，只得返回。仓皇中看见一株全缘叶绿绒蒿，黄色花朵已被冰雹击打残损。这是我第一次见全缘叶绿绒蒿，想近前细细查看，奈何雨势猛烈，只好匆匆看一眼转身便走。

返回到海拔3400多米的地方。阳光复又照射地面，气温回升，空气里的含氧量随之上升到15%，雷声虽然还在山巅轰隆，世间却仿佛换了一个。此处山体开始密被植物，多是鬼箭锦鸡儿，粉白花朵裹住多刺的枝条，刚与柔的完美组合，枝条下垂，仿佛为花朵所累，雨水将绿叶洗得清新透亮。鸟类似乎都去了远方，也不见虫豸，连昔日盘旋山头的鹰鹫都不见身影。

海拔再低一些，山坡上的鬼箭锦鸡儿突然消失，取而代之的全是金露梅。金露梅的原野，黄花铺垫，不见边际。坐在草丛中的石头上，阳光明净，山风凛冽。俯身见到龙胆花、火绒草、迷果芹、头花蓼、委陵菜和毛茛。因为海拔的原因，这些植物一律矮小，几乎趴在地面。两种白色小碎花小鼻子小眼，只有贴近它才能看清，想用形色软件识别一番，发现手机没有信号。放眼远望，大通河谷依旧蓝天白云，油菜花将大地覆盖。

　　高原的 7 月，忽而阳光泼洒，忽而浓云四合。大地上，油菜花引来远方游客。

黄河

2005年夏，我在坎布拉第一次看见丹霞地貌，那是正午，强烈的阳光照下来，又从路面和岩体上散射出来，热气蒸腾，有些海市蜃楼的玄秘。那些赤红的山脊压过来，那颜色并不像人们说的那样，色如渥丹，灿如明霞，倒像极了红处方。我记得母亲去世前一直靠药物止疼，药物的毒性越大，红处方的颜色越深。一路上，我看丹霞地貌，脑子里闪现的只是红色的纸。

车子在高大的红色山脊下行驶。公路逼仄，一旁黄河静静流淌。河谷几乎不存在，望过去，看见黄河挨着对面的陡崖。

努力抬头，窗外赤红的山峰仿佛长在中天，让人无言。我对词语的理解，有着自己的偏执，总觉得一些信手拈来的形容词，华而不当。可此时，那些形容词就高悬在头顶，不得不相信，也许只有这几个词语，才能用来形容这一情景："雄奇险峻""鬼斧神工""风刀霜剑"……岩石的城堡，岩石的森林，岩石的佛，岩石的古国，岩石的黑夜与白昼……我怎样想象，怎样描述，才能说出它们的神奇，又怎样才能将它们给我的震动一一表达。

思忖这不毛的红色岩石上是否有生命迹象，拼命仰头才看见山顶一两棵云杉，也许是油松。树长在天上，原来就是这番模样。偶尔几只山羊，白色和黑色，在倾斜过来的岩体上攀爬。鹰从远处飘来，又慢慢远去。天空深邃成它原本的模样。偶尔一缕风，送过些许幽凉。

如果我不知道黄河是流动的，那么我相信，此刻的黄河，它在静止。我甚至想象，那就是一面冰雪融成的湖泊。没有源头，没有去处，只在此处停留。走近，依然看不到水流过的痕迹。河心碧绿柔和，靠近岸边的水面却色彩丰富。细看，全是荡漾着的山峰倒影。那些红色的影子，在水面斜倚，彼此靠拢。山顶的树影像一条鱼，傍晚的阳光从峰顶滑下，一束金黄敷在水面，绚丽如一支巴洛克舞曲。

简直不相信眼前娴静优雅的河流就是黄河，不相信它的中下游那横贯的咆哮和浑浊，竟会来自如此细腻温婉的水面，来自这样一种足以忽略的缓慢。靠近黄河，蹲下来，伸手触摸。手底滑过冰凉，那么柔软，仿佛触在一条小鱼的肚腹上。一瞬间感动，以至在后来长久持续。黄河在那一刻成为实在的母亲。

跟着黄河走，在贵德，行至黄河大桥，站在桥上，我想起的唯一一个词是：静水深流。清澈碧绿的黄河水就在脚底，它们如同万千柳丝，在春风里起舞，只是没有声息。想一想，什么样的磅礴没有声息呢。白鹡鸰贴着水面飞翔，敏捷的身形一如燕度春柳枝。依靠桥栏，俯下身，瞬间的眩晕过后，我看见黄河石，它们搁在河底，静止不动。它们是随水流从更远的上游来到此处，还是一直就这样沉静水底，不得知。河水宽阔，平稳，人在河中央，水不动，桥前行。

一个普通人，试图亲近一条河，除掉如此简单的接近，感受眩晕，还能做什么。黄河大桥上的五色经幡垂下去，经文在水面漂浮，长久注视它，算是一个普通人对这世间的祈愿。

安达其哈

我先看见夏琼寺上空的大群红嘴山鸦。红嘴山鸦最醒目的是那稍稍弯曲的朱红色嘴巴，如果细看，会发现那嘴巴如同蜡制，细腻、温润、均匀，红色光彩自内散出。它的爪子自然也是红色，但没有嘴巴的红那样亮丽。天蓝，云白，7月的远山近水又晕染黛绿，红嘴山鸦就格外引人注目。如果摒弃人们对黑色的成见，其实鸟的一身黑羽也漂亮，换不同角度去看，会发现所谓"黑"并不完全呈现黑色，而是不同部位具有不同的金属光泽，或蓝，或绿。红嘴山鸦在高空鸣叫、盘旋，然后落在山崖上栖息。那面山崖陡立，长一些低矮荒草，修有狭窄栈道。红嘴山鸦在附近寻找植物种子和虫子做食物，然后在山崖上筑巢，养儿育女。红嘴山鸦是典型的一夫一妻制，终身厮守。

山崖下是黄河。河谷开阔，树木葱茏，如果是薄暮或者早晨，烟霭升起，漠漠如织。此刻，烟云俱净，麦田与村庄清晰可见。黄河自东奔流而来，在这里弯曲出一个祝枝山的"天"字大草。这是黄河在青海东部的大手笔，独一无二。山崖对面，连绵山脉随黄河远去，莽莽苍苍，融入天际。

夏琼寺建在山崖上，一尊宗喀巴大师的金色塑像庄严耸立。夏琼寺古老，久有名望，是宗喀巴大师剃度的地方。现在，殿宇在午后的天空下闪烁出金色光芒，僧人的庄廓伏在半山腰，鳞次栉比。空气里，是酥油、柏香、糌粑的芬芳。西海菩提树正在开花，白色细碎的小花聚集成云朵模样飘浮枝梢，白云出岫。花坛里，大花马齿苋生机勃勃，万寿菊如黄金翠锦。来朝拜的人躬身，手持念珠，虔诚肃穆。一株菩提树下，四位身着藏服的老人坐在垫子上休息，看皮肤便知他们来自远处。一位老人穿白绸印白花的衬衫，大襟样式，金色圆珠扣子，深咖色藏袍，黑色布鞋，花白的头发梳成辫子垂下，老式的金色耳环，手持菩提子念珠。她的脸上虽布有老人斑，但肤色健康白皙。她的衣服同样洁净大方，没有一路而来的风尘。禁不住多看他们几眼。他们神情慈祥，眼神洁净，能想象到他们心性的清澈明净。

偶尔有流浪狗跑过，不惧人。

黄河边上，在一个名叫安达其哈的村庄，见到杏树。杏子已经成熟，无人采摘，杏子自己挂在枝头，有点不好意思。路旁地头的杏树，是尚未改良的古老品种，杏子小，没打农药，虫子啃出小洞进进出出。摘几枚来尝，酸而甜。靠近农家院墙的杏树，显然经过嫁接，杏子大而多，一树红黄相间，望之如火。

安达其哈是一个有悠久历史的村庄，史前文明曾在此处发现。陶器、谷物种子、石制的生产工具、地穴、灶坑，无不说明几千年前这里就已经有人类繁衍生息。后来的烽火岁月，又建城筑堡，征战不断。现在，城堡的墙体虽已残损，可是顽强生命依旧生于其上，苔藓、青草、蜗牛、甲虫……蜀葵开出大花，金盏菊擎起金杯。这一方焰火息壤，生命如此延续，繁盛兴旺。

比起青海其他地方，这里海拔低，正是盛夏，阳光强烈，空气闷热。行走时，见到木栈道顶端板缝里结出蘑菇似的白色一团，近看，却原来是胡蜂蜂巢。第一次见如此形状的蜂巢，贝壳雕刻的艺术品似的挂在那里，细瞧，顶端的巢眼里，正有胡蜂爬出。小时候没有领教过胡蜂的厉害，单看它的细腰和尖锐螫刺，就知蜂毒不一般。不敢招惹，看一眼就撤。

群山奔涌

安达其哈的花海沿黄河北岸铺开。月季大如婴儿面庞，鼠尾草花穗高举，鲁冰花清秀淡雅，万寿菊、金盏菊和百日菊连缀成片，灿如烟霞。更多的马鞭草绽放紫色花朵，一直向黄河蔓延过去，宛如薰衣草田。

花海那边，便是黄河。此时河面宽广，河水宁静清澈，几乎不像黄河，然而它就是在中华大地上曾经咆哮怒吼的黄河。近河岸，浸手入水中，河水冷冽。河心应该有虹鳟鱼的，只是看不见。岸边芦苇丛里，大苇莺"呱呱唧""呱呱唧"地叫。芦苇边的青杨树上，戴胜鸟女王似的飞来飞去。

如果是初冬，黄河边的植物们渐渐枯萎，只有新栽的悬铃木不肯将叶子抛弃，手掌大的黄叶繁密在枝杪，自远处看，仿佛满树黄花。天冷，风从宽阔的黄河水面扑来，悬铃木的叶子啪啪乱响。树下，曼陀罗挂着乳白色蒴果。胆子大，可以摘下一个蒴果把玩，它已裂开，瓣内黑色的种子密集，如无数虫卵在蠕动。河面上，是从遥远的俄罗斯或者蒙古国飞来的天鹅。三四十只，或者更多。它们优雅，一身白羽脱俗，它们游弋、嬉戏、恋爱，在水面安享年华。赤麻鸭和绿头鸭在水中沙洲上大群聚集，迅捷的燕子低低掠过水面，渔鸥如果飞过，声势颇大。河畔有人拍鸟，长枪短炮似的照相机架起，穿着厚羽绒服的拍鸟人坐在马扎上静静等待。有一年，火烈鸟也飞来过冬。火烈鸟喜欢生活在热带，它们飞越万水千山，到寒冷的青藏高原安家落户，大约也是兴之所至，心之所安。

河对面，连绵的雄浑山脉缄默不言，它们自信、笃定。它们像守护内心那样，守护着脚下黄河，守护着河边上这个名叫安达其哈的村庄。

岩画

千年前的钝器在花岗岩上反复磨划。目光专注，腕底遒劲的力量来自内心丰富想象。石头的粉末落下来，多么像时光的碎屑。高大马鹿，鹿角枝杈夸张。犄角锐利、身形健壮、前胛耸起的牦牛有着对决的模样。笨重的骆驼，永远都在负重，无法获得片刻轻松。即将受伤的豹（野性的力量依旧呼呼作响）。野猪嚎叫。温顺的羊。捕鱼、放牧和狩猎的人。漫长岁月给予它们天然色彩——暗淡的红褐色。构图精简，寥寥数笔，仿佛那个简单的年代。

我想象高大山脉连绵耸立，山顶隐隐白雪在清晨发散幽微蓝光。阳光流泻，抬头，澄澈天空画满鸟儿翅膀的痕迹。空气清凉。宽阔谷底，草色莹碧，河水汤汤，水面闪烁泠泠银光，水气弥漫青草气息。人们长发飞扬，呼啸。一场狩猎正在进行。抛掷的石器，射出的弓箭。它们飞过的弧线带着飕飕冷气。一些病残的动物即将成为俘虏。而另一些动物，它们惊恐的眼睛已经看到死神冲过来的模样。倏忽，另一个年代（草色依旧，阳光依旧），牧人神情喜悦，他们不再恐惧，羊群如同儿女。千年之后，我的想象依然走不出这口小腹大的哈龙山沟，吉尔孟河穿沟而过。

攀爬，仰望，顺着阳光的轨迹，我看见千年之前的日子在岩石上寂静豁然。有人说，岩刻出自曾经生活在此的羌人、吐谷浑和吐蕃民族之手。我在一个午后看见这些岩刻，仿佛看见它们出自一个孩童最纯真的对自然的描摹。恰如其分的研究，感知最真实的意义。他们从不曾将自身凌驾在动物之上，仿佛自己只是一只山羊或者一只飞鸟。任意随心的年代，静美的图案如同自然歌谣，它们来

群山奔涌

自蓬勃不断的生命：河流、山峦、森林，野兽，以及，人与它们的真诚交往。

　　瞬息。庞大的时间之水最终凝聚而成，它们在后来的岩石上"唰唰"流过，而那些忠贞不渝的日子却永久停留。在冰冷的岩石里保持世界的体温。曾经的愉悦、呐喊，那些粗糙而高蹈的魂灵，强大持久的想象力，以及，在夜晚茁壮生长的智慧……很久以后，这些岩刻成为牧人的崇拜之物。他们对着岩画祈祷祭奠，置经幡，献哈达，刻六字真言。放弃语言，用一种重于语言的虔诚姿态表达，我想这一定是，已经有一种静谧语言，将先民与他的后人紧密相连。

千山暮雪

　　扭头看天时，见到堆积的云如孙悟空大闹天宫：一位体形彪悍青面獠牙的神将手持短柄锤，从高处向悟空砸下。短柄锤极重，若碰到身体，必皮开肉绽。悟空拖了金箍棒，正准备逃。逃得不甘心，又回头怒目瞪视，一副睚眦必报的神情。显然最激烈的搏斗已经过去，天空留下冷兵器挥过的痕迹。此时神将呼风唤雨，带了些许喽啰乘胜追击，悟空独自一猴，树倒猢狲散……想象毫无新意，不过是将储存在大脑里的影像挪来组合。后来，又觉得那神将变成护法，悟空还是悟空，是这个时代的悟空，气焰有所收敛。护法不能乱描述，我只好一直扭头看它。

　　夕阳从悟空的肚子底下探出半个脑袋来，满面金色胡须。胡须又长又乱，以至于将脑袋之下的小半个天空染成金黄。夕阳到底有点老，又有点慈祥，还有点勘破我执的沉默不言。金色的光芒下，是祁连山起伏的脊背。山色溟蒙，线条流畅。大地上是大通河水，残阳溢满河川，水面铺金叠银。河岸碧影迷离，不知是芦苇还是灌丛。

　　尚未看清河面上是否有野凫游弋，水中滩涂是否有植物覆盖，闪烁粼光的水面转瞬即逝。若我是河畔的定居者，我将坐下来，在光芒的长须中，在青山的沉默中，在云与云的互搏中，一直坐到深夜来临，可现在我们的车子甲虫那样在暮色里爬。

　　千山暮雪。

　　明明是山花烂漫的季节，脑子里闪过的，居然是如此萧条的一个词。

　　　　　　　　　　　　　　　　　群山奔涌

暮云飞度。再扭头时，原来悟空已变成一位老头。什么样的老头呢，吸旱烟的，眯眼睛的，打盹儿的，弈棋的，都不是，是一位荷锄而归的老头。"带月荷锄归"吗？不是。日光尚未落尽，荷锄的老人身披彩霞，大步流星。

山坳里忽然雾起。

人在山峦间穿梭，一团雾忽前忽后。轻盈的，宛如一片羽毛的雾。该是有一缕风陪伴它飘浮，雾的重量和风的浮力相等，于是雾和风平行移动，没有谁主宰得了谁。或者，佛指间的一枚白花瓣落下，要落 48000 年，它只落到现在这一刻。

暮色袭来，群山逐渐暗淡。山似乎要退到暮色之外，让暮色成为这大地之主。可群山的气度到底不凡，即便它拱手相让，暮色还是没有底气遮蔽群山存在，它只是附在群山上，挤压、重叠，这反而又让群山格外雄浑。群峰似乎是运动的，有呼吸的节奏存在，一些山峰矮下去，另一些山峰茁壮起来，如此连绵不绝的，生生不息的，却又寂寞如斯的。

这样的群山与暮色应该让人想起马勒的《大地之歌》，"且乐生前一杯酒，何须身后千载名"。可是车里响起的，却只是一首歌曲："喝上这壶老酒啊，我壮志未酬。"壮志自然难酬，若不，这世间就了无遗憾。没有遗憾，也就没有悲伤，没有悲伤，这世界或许就只剩下高亢和嘹亮。可我惧怕过度的高亢与嘹亮，我喜欢作品里的大调，也喜欢小调。聂鲁达说："我从前就在搜寻，不加傲慢的检视，却毫无疑问地，被黄昏征服。"被黄昏征服，要比被黎明征服更沧桑。

如此分神之际，半轮橘色圆月已从山脊冒出，宛如水母趴在那里，触手不见，只留下半圆的伞状体，又似雨后森林里长出的一柄蘑菇，色彩诱人，菌柄藏在山后。山下复有河流出现，河流依旧蜿蜒。渐渐地，月亮离开山头，升起来，依然是橘色的，有点像凡·高《星空》里的某一轮。月亮在升起的同时，将自己的影子完好无损地倒映到河流中来，于是这世界上便出现了两轮月亮。天上的月亮在微微的薄云后面移动，水中的月亮被水波拉成长圆形。天上和水中，又都出现金黄的光晕，灿如晚霞。

时间似乎弹回到太阳落山的那一刻，所有景象又都变得相似。夜幕来临时的祁连山仿佛做了个梦，梦里出现的，依然是此前不久的片段，只是梦的色彩更模糊，更灰黑，像一个俗世人的梦那样。

锡铁山

　　沿柳格高速公路向北走，离格尔木100多公里的地方，会看见锡铁山横卧眼前。从远处看，山不高，不巍峨，更像遗弃的一截残垣断壁。弥漫的阳光中，一时分辨不清山色，仿佛是赭紫、墨绿、褐红、黝黑几种色彩混合，反复揉搓。不过这种揉搓火候不到，仔细去看，似乎又能分出赭紫、墨绿、褐红和黝黑。慢慢向山靠近，山渐渐壮硕，终于能看清山体，原来岩石裸露，仿佛一座山褪去所有肌肉皮肤，只剩下骨骼支架，嶙峋，沟壑纵横。

　　在茫茫戈壁滩上，所谓慢慢行驶，无非是，将车速尽量降到高速公路限速的范围内。戈壁向四面八方延伸，目力穷尽处，戈壁与天空融合，成为白色发光的迷蒙一片。公路笔直向前，最终也融进那片发白的朦胧中去，仿佛一条河流进大海。路上长时间不见过往车辆，又没有房屋树木做参照物，车速不小心就会升上去。然而即便是如此快速的行驶，看上去，车子依旧显得很慢。汽车在戈壁滩上，仿佛在宇宙的中心，怎么走，走多远，宇宙的中心不变。

　　戈壁滩深棕色，偶尔几簇植物，颜色浅淡，似乎枯萎许久。颜色更深的砾石之外，戈壁滩别无他物。不见飞鸟，也没有骆驼。天异乎寻常地蓝，蓝得让人觉得这里一切正常：风起、云涌、雨来、天雾、日出。然而大地又让人觉得一切都不正常：干旱、皲裂、碎石遍布。天空似乎忘记还有降雨一事，大地早已不知水为何物。

　　更像在一个外星球的粗粝表面行走，眼前出现庞大的不明飞行物，出现形体迥异的生物，出现三四个太阳，都不足以惊讶。

　　地图上，汽车明明向北行驶，可我怎么都觉得我们正在向东走。近锡铁山，看见分岔的公路拐进山脚的小镇，忽然又出现铁路，同样向锡铁山小镇走去。很想让我们的汽车也拐到山下，看看山下那座小镇，看看山上矿洞，如果可能，攀到山顶，从高处瞭望一眼苍茫戈壁。然而汽车毫不犹豫地继续前行，一直走到锡铁山北面，到小柴旦湖旁边，才停下。

茫然无际的戈壁荒漠上突然一面湖，湖水的蓝又接近天蓝，仿佛一面天掉下来，盖在戈壁上。那面蓝色微波荡漾，风拂绸缎那样。没有数字概念，说不出眼前的湖有多大，湖对面的一抹山色，烟波万状将天上地下的蓝隔开，仿佛一面天在那里慢慢折叠。

湖水自然咸涩，湖水清冽，阳光下彻，湖底依旧是深棕色的砾石和细沙。站在湖边回首，锡铁山又似倾颓的长城，就那样默然守着湖水天空。

很多年前，大约是 20 世纪 70 年代末，村里有人从锡铁山回来，到我家串门。不记得是几月份，他的一双黄胶鞋沾满污泥，泥已干透，几乎看不到鞋面上的黄绿色。他将鞋子放到门帘外，胶鞋旁边，是他的黄帆布包。包鼓鼓囊囊，变形走样，边缘已经磨破。他坐在炕上说话，我蹲在帘外看那双鞋子和包袱。觉得鞋上的那些泥就是锡铁山的，还有那包袱，里面肯定装着来自锡铁山的神秘东西。

那时候，村里出去的人，似乎都去了锡铁山、香日德、大柴旦、德令哈还有格尔木。人们每提起那几个名字，我就惆怅，觉得那些地方一定是一切希望的源泉，人们只要去了那里，生活就会变样。如果有人从那些地方回来，必是荣归故里，衣锦还乡，让人艳羡。

可是后来，当我一次次走进，或者路过那些地方，当我看到它

群山奔涌

们不过是茫茫戈壁滩上的一小块绿洲时，同样会无限怅惘地想，生活在那里的小孩子，同样如多年前的我，渴望冲出小小范围的局限，然而怎么努力，依旧原地停留。

　　所谓向往，不过就是从一条线的一端走到另一端，反之亦然。

可鲁克湖

辛丑秋，去可鲁克湖的路上，在怀头塔拉停车场休息时，买到新鲜的枸杞。枸杞盛在透明的塑料碗里，一碗10块钱。碗小，袖珍，浅，盛在里面的枸杞也就二十几枚。枸杞粒大，光洁，如一枚枚红珊瑚耳坠。娇嫩的枸杞衬几片枸杞叶，红果绿叶，赏心悦目。拿一枚枸杞在手，摩挲许久，用牙尖咬破。皮薄，汁液充沛，枸杞独特的味道外，有一点点甜。

显然是人工栽植的枸杞，野性全无。野生红枸杞粒小，阳光照射时间长，嚼起来，甘甜中有种药味。野生枸杞最美的是花，浅紫色小花，稀疏几朵，藏在绿叶中。枸杞叶细细小小，嫩时可掐来泡茶喝。枸杞植株不高，枝条也不扶疏，干旱半干旱的山坡崖边一两丛，很远的地方就能识别出。

傍晚，在可鲁克湖边，见到成片生长的野生黑枸杞。时节略微有点早，黑枸杞尚未全部成熟。同一植株，向阳枝条上的枸杞已经熟透，成为深紫色，叶子遮蔽处的小果子半熟，呈葡萄紫，背阴处的小果子颜色尚未变黑，是正宗的银朱红。果子结得繁密，一簇簇蓬勃而出，直将枝条缀得下垂。傍晚阳光迷离，小果子红得耀眼，紫得也熠熠生辉。时间充足，一一摘下不同颜色的黑枸杞来尝，半熟的，成熟的，熟透的，滋味各不相同。熟透的黑枸杞果皮极薄，稍不小心，果汁挤出，指尖迅速染成紫色。

与黑枸杞生长在一起的，是丛丛芦苇。低矮的苇丛，苇叶黄绿相杂，苇絮已白。无风，苇丛静止不动。向晚的太阳从侧面将光线洒来，仿佛金色的丝带覆在苇丛上，又穿透叶子，亮闪闪直灼

群山奔涌

人眼。

可鲁克湖水静谧，水色因光线而不同。深绿、群青、淡蓝……远处，水天一色。水天之间一条细线，粗细浓淡稍有变化，细看，依稀见得一抹山峦起伏。看湖，再看天，天空与湖水的不同只在于，天空几片闲云，湖面几只鸥鸟。鸥鸟游弋，在湖面划出大的圆形和椭圆形波纹。波纹长时间不散，仿佛凝固。有人湖边钓鱼，驻足他们身旁，不见有鱼上来。

除去鸥鸟鸣叫，湖畔几无声息。深呼吸，空气中有淡淡鱼虾腥气。听说湖中养着螃蟹，但湖面看不出任何动静。在湖畔走，小绳子乱飞乱撞，起初没注意，只用手驱赶，只是徒劳。拿起手机拍照时，感觉有小虫子叮咬，细瞧，原来是蚊子。蚊子细细小小，几乎不像蚊子，但叮咬处很快鼓起大包。赶紧将风雪帽箍紧，又蒙上口罩，至于身上，如果小蚊子厉害，只能任其叮咬。

租一辆自行车绕湖骑行。偌大一面湖，除去几个钓鱼人，湖畔再不见他人。太阳很快坠山，光线渐暗，湖水的蓝深起来，苇丛也渐渐融进暮色，成为幽暗的几丛。

古老的寂静依旧笼罩可鲁克湖。

几年前，经过可鲁克湖，行色匆匆，后来曾用一段文字将其记录：

可鲁克湖畔，我同样被时间迷幻：我所面对的湖水，并非千年之后，而是千年之前。当是千年之前的中秋节气，秋气并未凛冽，但是秋风早已萧瑟，云在天空，已经散成絮状。雪也已经降临，罩着远处山头，仿佛杨絮层层堆积。湖畔芦苇已经黄去。这些芦苇，曾经青葱年少，曾经芦花似雪，现在，它们成为另一种色泽，仿佛换了一套思想体系，与昔日旧有彻底决裂。巴音河自东南而来，缓缓注入湖中，仿佛一条游鱼。湖水又从西南流出，进入另一湖泊。风偶尔凄紧，但是湖水依旧平静，依旧清明，天光云影，倒影其中。我似乎一直坐在湖畔，风不曾吹乱黑发，湖水也不曾打湿双脚。曾经有人捏着木叉来湖中捕鱼，他们赤脚，俯身湖面，静无声息。也曾有其他女人，来到湖畔，用陶罐汲水。她们结伴而来，似乎并不急着汲水回去，她们将陶罐放置一边，临水梳妆。也有孩子，跑来嬉戏，蓄养的牛羊，曾来湖畔饮水，黑颈鹤和斑头雁曾在天空低翔。只是这一时，他们都已归去。鸟归巢穴，羊牛回到草场，孩子或许已经熟睡……湖畔静谧，再无其他声息。

几年过去，再次临湖，那遥想往昔的心思早已不再，对湖水的未来也没有多少设想。人还是昔日的那个，心思却仿佛换了一个：只想在暮色降临前多骑几圈自行车。

珊瑚化石

　　那一天午后的行走原本没什么奇特，车到无法前行的地方停住，我们下车，朝一座名叫大拉洞的峡谷走。路不好，7月的一场暴雨将水泥路冲毁，洪水卷来的乱石堆积路旁，行人勉强可以通过。自然是令人愉悦的石头，它们的色彩、形状、花纹各不一样。以前很少注意石头的色彩，原来可以这般丰富，白橡、青豆、茄皮、老竹……将能想起的色彩拿来一一对照，都相似。石头的纹理也清晰，盘曲横斜，各不相同，如果想象，尽可以四海遨游。可是石头太多，想象不过来。吸引人的，是那种黑色里蕴藏金色斑点的石头，总以为那些斑点就是金子，见一块，想找一块斑点更大的。还有一种貌似掺杂白玉的，捡起来仔细搓，想或许里面会有玉石出现。如此一番寻觅，最终握在手里的，不过是一枚蚕豆大小丁香紫色的圆石。

　　峡谷山体嵯峨，岩石森罗。山坡土壤极薄，有厚厚苔藓覆盖。树木自石缝中长出，云杉为主，树干笔直，大多在百年以上。有些岩石巨大，它们挣破土壤，巨兽的眼珠那样露在山坡，石头旁是裸露的云杉根系。庞大根系在石头上四处探寻，找到缝隙往深处猛扎，如同机械手臂，紧紧攥着大地。流水又将根系与石头之间的土壤冲走，形成大的空洞，毛细根须下垂成为帘子。这些云杉与岩石的关系更像一种博弈，根系抱着岩石，要将其举起扔到一边，岩石倔强，马步下蹲岿然不动。更小的植物跑来看热闹，5寸高的柳兰、紫菀、锦鸡儿、金露梅，它们斜依在树干和岩石上，玩笑似的开几朵小花。松果一两枚躺在蓬松的苔藓上。

有巨石落入山涧，形成小小岛屿，上面长几株云杉，又斜生几茎细草，大约是飞鸟带来的种子。鸟儿已不知其踪，它的杰作留下来，呼吸，生长，任流水冲刷，谷风迅疾。也有死去的树木倒在高处山坡，旁边长出几枝大黄。树干枯朽，大黄新绿，病树前头万木春的寓意分明。

遇见一块珊瑚化石。仿佛簇拥的小菊花印在石头上，密密一层，花蕊、花瓣一一可辨。化石的另一面，依稀几尾小鱼的尾巴，扇尾，仿佛正在水中摆动。我第一次见珊瑚化石，有些兴奋，反复看，抚摸，拍照，又在网络上找珊瑚化石的资料来读。

青藏高原的变化自然知道一些，这雄健寒冷的高处，原先曾是温热海洋，这形貌沧桑的山石，原本伏在海底。如果想象，比如那是奥陶纪的某一天，那天天空蔚蓝，阳光灿烂，大地上，海洋无垠，温煦的风自远处拂来，携带海水腥气。海底，珊瑚鲜艳，巨藻纠缠，腕足动物聚生，三叶虫埋伏在泥沙之中……一切静谧安宁，即使动物之间正剑拔弩张，也都悄无声息。后来，灾难发生，许多物种灭绝。再后来，海底抬升，海水退去，山峰擎起。几亿年过去，海底还在抬升，青藏高原正年轻气盛。

想一想，时间真似神灵，似巫师，似硬汉。它塑造万物、拖拽万物、锤击万物、粉碎万物，却又不动声色。在它面前，万物柔弱顺从，失去意志。它冷酷，万物出现，或者消失，它都熟视无睹。当然它也不会时刻紧绷神经，如果一些倔强事物非要留下一丝印迹，譬如一块石头，它也允许。石头滚来滚去，有时被海水淹没，有时被山风吹出皱纹，时间偶尔瞅它一下，假装不见。

古尔班通古特

那一天从乌鲁木齐出发，横穿古尔班通古特沙漠去喀纳斯。

破旧的大巴车仿佛一头犟牛，梗着脖子，嘶叫着，一直艰难地向北走。沙漠无边，我只知道我的左前方是克拉玛依大戈壁，我的右南角是个叫齐台的小县城。粗糙狂暴的西北风曾经在左前—右南这条线上由西向东推沙子，年复一年，从不疲惫。如果沿着一粒细沙行走的方向望去，或许能看到我蜗居的那座高原小城缩成一个没有寓意的黑点，挂在纵横交错的线路网上。实际上，许多沙子并没有继续前行，它们在古尔班通古特沙漠里叫嚣、旋转、飞升、沉坠，而后死亡。

沙子会死去吗，沙漠是不是一粒沙子的战场？

天气朗晴，沙漠上空是一个泛着白光的浅蓝色迷宫，燥烈的日光四散弥漫，天地都在耀人眼目。沙漠枯黄，嶙峋骨架散开，一直摊到远处，融入天际。沙石散发出灼人的沉闷气息，沉寂一如亘古。一座座沙丘纵横交错，往来穿梭，间或一两簇梭梭、骆驼刺、白蒿和蛇麻黄，它们枯黄，如同沙丘，没有植物的柔韧光泽，也不发散植物特有的清芬。四望，视野无所遮拦，所有事物裸呈在天空下：沙丘上风蚀的刻痕，沙粒的走向，草丛的羸弱，车辙的斑驳印迹，偶尔一两座机井和大片蒸腾的热气。沙漠是如此大快人心的敞阔，沙漠里的事物却又如此稀缺：水、绿色生机、事物横陈的嘈杂、拥塞、生命的足迹、食物气息。敞阔和稀缺，沙漠的主题如此自相矛盾，又如此互相补充。人向沙漠深处走去，如同朝着一个沉闷忧郁的人的内心走去，看到他褪去芜杂的欢欣庞大繁盛，又看到他的清寂寥落兀自开花。

持续高温。大巴空调不失时机地坏掉。车内热浪滚滚，无法呼吸。一个铁皮做成的蒸笼，在沙漠里如同一粒爬虫移动。我担心从吐鲁番带出的粒大饱满的葡萄们，怕它们窒息，自作主张地发酵，不得不时刻打开袋口，让一车厢的浑浊气息去熏它们。

车子走了不到三分之一路程，停下来，似乎是出了什么毛病。我下车，试图呼吸一下车外的空气。一出车门，轰然一声，沙漠热气扑面而来。那一瞬，人不是走进天高地阔的沙漠，而是像一头栽进蒸笼，大火在灶内烧，蒸汽烫人脸面，感觉多待几秒钟，人就会蒸熟。只好又扭头钻进车厢。

漫长的行程中，如果有什么让我雀跃，那就是车窗外偶尔闪现的生命。一队骆驼，牵拉着驼峰，旅人似的走过。半天后，见几只黄羊，短毛稀疏，走走停停，百无聊赖，最终消失在蒸腾的沙漠热气内。又见两只野驴，四肢矫健，敏感机警，在沙漠边缘奔跑。景色一成不变的车窗外，它们的出现如此珍贵，一如昙花，给人瞬间惊喜。后来又看到一只雄鹰盘旋低空，从容，仿佛一粒悬挂的黑色眼睛，静静凝视沙漠。那应该是一只金雕，我在高原见过的鸟类，它们曾经背负金色阳光，停驻在悬崖峭壁，它们盘旋俯冲，抓走草原上的野兔和荒漠猫。现在，在远离青藏高原的沙漠地带，它出现，让人如此喜欢，仿佛他乡故知。

然后依旧是持续的沙漠的单调和枯寂。一直探头窗外，不放过任何一株出现的草木，希望再次逢到虫豸、河流或者飞鸟，可是什么都没遇到，只有沙粒，只有枯黄，只有干燥热气将人尾随。

群山奔涌

布尔津

额尔齐斯河静静流淌，仿佛她的存在与世界无关。

河岸一侧的阿尔泰山连绵无际，青色岩石间松树翠绿葱郁。河谷宽阔，芦苇密集，水鸟飞翔。船、大片白杨、青松、沼泽、村舍、苞米地、青椒、弥漫的水汽，一一存在，像极了水乡风光。河谷另一侧，雅丹地貌千奇百怪。之外依旧是戈壁荒漠，五彩沙丘此起彼伏。额尔齐斯河两岸地貌如此迥异，互不干扰，彼此存在，使人诧异。

黄昏来临，巨大的夕阳掉到额尔齐斯河和布尔津河交融的地方。整个过程流畅，没有矫揉造作，仿佛一篇天衣无缝的文章。那是真正的陨落，壮美，带着风云变幻后的豁达。浓墨重彩的天空和云，沉坠的血红太阳，渐次朦胧的地平线……消亡如此美丽。据说在过去那个金戈铁马的年代，成吉思汗西征时曾伫立在这中亚细亚的栗色土地上看过落日辉煌，那一时他看到空中仿佛有万千兵士，沙场血战，顿觉精神倍增，倏忽落日融进水中，一切瞬间黯淡，万物化为乌有。强烈的失落感袭击成吉思汗，他的马鞭悄然坠地，从此一病不起。一枚落日击溃一代枭雄，这听上去如同一则寓言。

时间是 2005 年，布尔津县城楼层低矮，街道宽阔，行道树尚未茁壮，绿化带里偶尔有花朵绽放。是新建不久的县城，规划整齐，居民稀少，店铺寥落，街上以游客居多。虽然是夏季 8 月，夜晚，冷风袭来，清冷之气已带着远山的冰雪气息。夜市烟火缭绕，人声嘈杂。生鱼和孜然的味道弥漫于每个角落。炭火、铁丝、啤酒、塑料口杯、调料盒、简易桌凳，大筐待烤的鱼有红鱼、黑鱼、梭罗鱼、狗鱼，都是冷水鱼。剖开肠肚的鱼，码在砧板上，大张着眼睛和嘴巴，露出白嫩肌肤。

吃鱼的人被炭烟熏烤出眼泪。和一位来自青海循化的烤鱼人闲谈，青海方言瞬间拉近彼此距离。闲谈中得知他的生意兴隆，全靠河中之鱼。如果河里的鱼捕完了，怎么办？我开玩笑。他兴奋地回答，不会，这边的鱼完了，还有那边。他说这话时顺手递给我一瓶"格瓦斯"，说这种带酒精的饮料也是从那边运来。我喝一口带有酸味的"格瓦斯"，明白他所指的那边是哪里。黑暗中看一眼北方的天空，我仿佛看见一条在北冰洋受完精的巨大狗鱼，带着母亲的温柔，穿过鄂毕河，溯额尔齐斯河而上，在一条僻静的河汊里未及产卵便落进渔网。我担忧鱼类的精神有一天也会崩溃，它们会在清凉河水中集体自杀，或者互相残杀，我甚至觉得终有一天会一语成谶。

凌晨 2 点的布尔津小镇灯火通明，多数游人已经散去。算算时差，不过是关里的晚上 12 点。卖羊毛混纺披肩和木雕鱼骨小挂件的移动小摊开始收摊。空气里依旧是烤鱼和烟火的味道。买两件披肩，回到住所，在院子拱形的葡萄架下坐一会儿，听小镇的声息。想象不久之后，这小镇的寂静也将消失。它将和其他旅游小镇一样，塞满旅馆、酒吧、购物街，人们纷至沓来，吃烧烤，在简易旅馆洗澡，挑选纪念品，拍照，打卡，做短暂停留，然后离开。人们并不关心他曾停留的这个地方的长久状态，而只是自己到此一游。

哈萨克

炊烟四起。

空气中弥漫牛粪、木柴、酸奶和马奶酒的气味。羊牛归来，背着装满水和草的鼓胀肚子。哈萨克男子骑骏马，朦胧光影使他愈显高大。他的孩子跟在他身后，骑着马驹，神气活现。忙碌很快过去，夜晚来临。雨后夜空如此丰美，天空仿佛一条黑色大河，盛满粼粼星光。图案精美的星座像花瓣盛开在夏夜头顶，大熊、天琴、巨蟹、织女还有银河。凝视，更多隐秘的花瓣藏在图案后面，等待某一瞬间的灿烂闪现，而更多无法探寻的秘密蛰伏在星光背后。

星空照耀下的哈萨克女人健壮。辨不清色彩的头巾，黑色长裙，高筒皮靴。她提着奶桶去挤奶，步伐坚毅。牛的大眼睛藏着狡黠，它故意扭动身子，摇尾巴，不让她挤奶。女人盯几眼，牛眼也不躲闪。女人转了心思，走过去拉了小牛来。小牛一顶牛肚子，大牛便幸福地安静下来。女人摸过去，移走小牛，大牛不安静都不行，奶水已经奔涌。

哈萨克毡房搭建在贾登峪转换中心的半山坡上，他们保持了先民的传统。帐篷易于搭建，也易于拆除。除了水草，他们不留恋过多东西。隐隐有灯光在帐篷中闪烁，明灭不定。狗叫零星，偶尔羊羔咩咩。寂静的山中岁月。松树在远处，是一片化不开的浓墨。无风，松涛轻微传来。仿佛儿时睡在深山中的小木屋里，枕着松香，听老人讲鬼怪，柏木门板传来干燥后木纹爆裂的"噼啪"之声，如此恐怖，我把头缩进单薄的被子里，夜的寂静漫山遍野。

我眼前的这些哈萨克族人，看上去，他们放牧，转场，酿制马奶酒，他们吹拉弹唱，享受安谧的山中岁月。但他们的山脚下是密密麻麻石子般胡乱搭建的旅游帐篷，前往喀纳斯的游人往来穿梭。每到夜晚，山下人影幢幢。就着灯光做笔记的人，宰杀羊羔的小贩，帐篷柜台上的方便面，泼溅的刷牙水，一次性塑料袋，自用发电机的轰隆声，土头灰脸的大巴，牛羊的粪便，人的大小便。我踮着脚走很远，想找一处僻静之地，没有。我其实是想找一处不见游人大小便的僻静之处，没有。如此大的一个山谷，竟然到处是游人粪便。我找不到一小块干净的地方，只好再次上山，来到半山腰，来到哈萨克人的帐篷跟前。

盖着从邻床掠来的被褥，我哆嗦在一家帐篷旅社里。喀纳斯的冰凉雨水让我外感内伤。服下九味羌活丸和藿香正气水，依然浑身打战。哈萨克圆顶帐篷在我眼前旋转，然后慢慢远去，仿佛我是那个坐在院内秋千上急速旋转的孩子，时光的碎片在院外纷纷凋落。我看见昏暗灯光下围着一群喝啤酒的男人。喝空了的酒瓶跌倒在地面上，杂乱无章。他们刚刚宰杀了一头小羊羔，现在等厨房里的人将羊羔煮熟。此前不久，薄暮里，我看见那只小羊羔拴在帐篷外，小身子，大尾巴，柔软的耳朵，黑色的小蹄子，它的眼睛一眨不眨，蒙着一层灰色暗光。

半夜被莫名的叫声惊醒。寂静中，那声音如同闷雷，低沉，又满含某种忧伤。支了耳朵听，听出牛蹄走动的声音。原来是牛在帐篷外面，一边绕着帐篷转圈一边哞叫。牛明显受到惊扰或者预感到什么，蹄声里隐含某种不安。暗自思谋，一身冷汗。有人显然也被牛哞惊醒，在黑暗里大声叫唤同伴的名字。片刻惊慌，人声嗷嗷。不过人声并没惊走帐篷外的牛，牛依旧低哞，绕着帐篷，悠远又逼近。

　　很多年后，我突然想，喀纳斯湖的水怪会不会也如那夜的牛一样不安地叫。

群山奔涌

从祁连县城向西，往央隆乡的方向，随着海拔一点点升高，树木渐渐稀疏，终于草原取代森林，愈来愈广阔。这个过程，仿佛从一个黄铜喇叭的中心往外钻，起先是箍紧的天地缩在一起，林木群山，白云流水，逼仄而簇拥相连，走着走着，天地豁然开朗，天往上举，大地平铺，流水舒展肢体，一切都仿佛明了事理，不再相互纠缠。

这寥廓的草原上，秋天是从高处降临的，像鸟儿或神灵那样。先是山顶一抹黄，是笔尖饱蘸颜料，准备大手一挥，落笔时却又谨慎，一点点按下去的那种。黄色本身也小心翼翼，黄封里加点泥金，不鲜明，但也不沉闷。山顶凹处的黄厚实一些，这使山脊愈加凸出来，瘦，黑，似乎能摸得到山的骨节。山坡上的草正在由绿向黄过渡，这样的色彩颇为尴尬，后退无门，前行又无激情，只好放任，凭山风摆布。风协助秋天将群山染黄，风是季节的左膀右臂。山脚大片草地上，尚有绿色斑斑驳驳。夏季到底不肯远去，偷巧、耍滑，想方设法要留下来。然而草山之外，更高处，另一些绵延的山脉已经积雪覆盖。白雪自高处大步而来，山脚那一点斑驳的绿色想赖也赖不了多久。雪的覆盖同样厚薄不匀，这使山的棱角分明呈现，同时呈现刚毅和勇猛无前。

山谷有溪流的地方生长灌木，大约是沙棘，或者某种高山柳类。比起草，灌木对秋季的敏感度似乎要低，它们还沉浸在夏日之中。从远处看，仿佛暗绿的河流顺势而下，而草原上的河——黑河，正在低处无声流淌。

　　　　　　　　　　　　　　　　　　　群山奔涌

看山坡的草，再看河流，想起一个词：二色性。一个与草木无关而与石头有联系的词。此刻，眼前的山与河流似乎都成为宝石，太阳的光照到哪一面，哪一面便有不同的色彩在变幻：山顶积雪的明与暗，草色的黄与绿，水面上的粼光与青碧……可惜阳光无法彻照人心，如若能够，我低头，当看得见我心的二色性，我不知该为它骄傲，还是黯然。

草原愈开阔，云愈低，以至于低到雪峰下。如果描绘，此时的天空并不是圆形，而更像一个等腰梯形，西面是它的下底，东面是上底，草原两侧的山脉是它的腰。漫天的云从更宽广的西面天空涌过来，像注入大缸的流水，像挤进圈门的羊群，像洄游的鱼。如果云能出声，此时天空必有羊群的声音，流水的声音，风的声音，口哨吹响的声音。

车在这样的草原上行驶，透过移动的云层看雪山，某一瞬，云不动，雪山往前走。原来群山正在奔涌。

这世间似乎什么都没发生，只有群山奔涌。

许久，见到一头羊，草原上惊慌失措的羊。它失去了头羊的引领，可以往东，也可以西行，然而它显得不知何去何从。久在樊笼里，复得返自然。自然无边，自然变幻。返回自然的羊，尚未明白自然也藏着黑暗。当然，更多的羊在草原上悠然。黄色犄角，银朱色身子，或者背部靛蓝，头顶一点红，或者，直接一身群青。羊群身着如此彩装，仿佛在狂欢，可是羊群的神情又那般宁静。狂欢到底是人群的事情。

鼠兔从洞穴探出脑袋，或者在洞外小跑，机敏之身。旱獭端然凝望。白腰雪雀自草尖上飞过，白色羽毛灵光一现。地山雀有目标地蹦蹦跳跳，想表明它是此刻的大佬。马先蒿尚在开花，是秋天残留的一抹红。乌头花的蓝偶尔闪现，颇为惊艳。

在一片名叫黑土滩的地方停驻。黑土滩并非原名，原名沙龙滩。原来的黑土滩也曾有风吹草低见牛羊的丰饶，后来因为过度放牧，土壤渐渐贫瘠，加之鼠害、缺水，草原开始退化，黑土裸露，以致黑河断流。2015 年，草原生态开始修复，人们引来草种，封育，防控有害生物，寻找技术支撑，7 年过去，黑土滩摇身一变。现在，几十万亩的黑土滩恢复生机，披碱草、早熟禾、羊茅簇拥而生，不分你我。

蹲下细看，这些跋山涉水而来的草类，更像一个多年迁徙终于扎根的部族，前世的忧伤消失，眼前是牛羊欢腾，儿女嬉戏。草将一片土地养活，同时养活土地上的生物，可惜没有一个人对一根草茎说：你是功臣。努力弯腰，从一棵披碱草垂下的穗头往外看，见到穗头外的山脉依旧积雪覆盖。秋天的阳光明净，些许清凉，风来，草动，群山奔涌。

柳湾

　　想象那是春末夏初的一个午后，在河边宽阔的滩地上，一群女子围坐一起。这种春和景明、女子悠闲自在的场景，西方油画中曾经出现。那些画作中的女子，总是体态丰腴，神情倦怠，身边花木扶疏，光线眩迷。她们或者刚刚从有睡莲的湖水中沐浴完毕，身体半裸，或者依着枝条如风的大树午睡才醒，长发未及收拾。她们身后，青山隐隐，有兽如鸟；她们眼前，流水淙淙，浮光跃金。但这些山水微音，她们并不赞叹，她们自有流连，那是她们自己。然而我所想象的女子，与她们迥然不同。

　　她们瘦小，骨骼清奇，肤色被太阳灼出红色伤斑。她们黑发披垂，长及腰部。这种发型自然简单，她们常用有着五齿的长柄骨质梳子梳理。她们喜欢用动物油脂涂抹长发，这使头发越加黝黑光亮。她们低头劳作时，黑发遮去两颊。她们自然并不知晓，几千年之后，这种发型依然流行，更不知道，几千年后的人们，曾将她们偶一低头时的样子，称作"被发覆面"。也有将前额与两鬓整理成为齐耳短发，所谓"断发"。这种发型并不讨女子喜欢，但总有几个女子，她们爽朗果敢，性情接近男子，这种发型被她们接受。

　　这个午后并不慵懒。光线虽然明净，但是股股清寒自水面拂来，这使得空气中有一种令人振奋的气息存在。草木自然最能感受这些气息，它们因而也显得精神矍铄。草色匀净的滩地上，偶尔有卵石点缀。有些石头大到足以供一个人爬上去睡觉。这些石头罩出的阴影中，常有黑色甲虫出没。野花早已绽放。比起白色和青色卵石，花朵的数量更为庞大。粉红、浅紫、宝蓝、明黄和莹白，如若仔细去看，指甲大小的花朵，形状优美，花瓣和花蕊结构精巧到令人瞠目结舌。

小女孩光着脚走过草滩，向河水靠近时，她摆动的手臂上，露出三四寸宽的石臂穿。这款石臂穿由纹理细腻的白色石头磨制而成，中间收拢，两端微微向外翻卷。石头颜色并不匀净，象牙白中有奶黄色斑纹，仿佛有意挑选。磨制它大约花去不少时间，因为它两端切口已经变得圆润，仿佛裹了一层包浆。小女孩肯定不知道自己何时曾戴上它。那时她幼小，石臂穿总在胳臂上来去滑动，后来慢慢长大，石臂穿开始渐渐箍紧肌肤。她知道这款石臂穿将始终伴随她，直到某一天成为她的陪葬。

围坐一起的年轻女子正在忙碌。无一例外，她们都戴着串珠项链。有些项链由细小珠子穿起，这些骨头磨制的珠子长短不一，管孔大小相等，有些项链由绿松石片穿成，也有形如海贝的石贝做成项链坠子。并无多少话语，这些活动需要安静。在石头上磨制一片绿松石，要经常起身去河边蘸些凉水，穿珠子时要有耐心，如若手一抖，珠子掉进草丛，得俯身搜寻。给石贝穿孔是件费力的事情，要持之以恒。其实石贝已经越来越少，它已经具备货币功能，成为物品交换的媒介。

这是一个已经懂得装饰和打扮自己的时代，也是一个尝试取悦自己和别人的时代，因为她们的地位已经从主导趋向服从。这是不幸，但也是幸。男人取代她们，为整个部族操劳，这使她们有一定时间去做一些微不足道的事情，譬如装饰自己，使自己更加美好。但男人们始终血腥浓烈，以棱角对待人事，这又使部族之间逐渐发生一些冲突。

有人在远处敲响石磬。以石击石的声音，清越悠远，这表示某个重要时刻开始到来。或许是一场祭祀活动，要将牛羊或者其他活物祭献给神灵，或者是一场规模较大的狩猎活动结束，男人们凯旋，跳起舞蹈。祭祀不大可能，当然也不会是某个小孩随意将石磬敲响，因为石磬悬挂在广场前高大的木柱上。敲响石磬是一项特殊权力，只有部落中有较高威望的人才能拥有。如此分析，石磬响起的地方，应该是一群男子正在庆祝。

　　密布草地的，更多是羊齿植物，它们的羽状叶子对称排列，油绿水灵，它们蜷曲的头部嫩叶，仿佛一些多足昆虫。没有人会采摘它们以做食物，它们散发而出的气味，足够苦涩。靠近河岸的地方，小小石子胡乱堆砌。浅褐、石青、暗红、奶白，不同色泽的石子密度不一。褐色石子表面粗糙，布满黑色或者红色斑点，这种石子一敲就碎，也容易研磨成粉，石青色石子以片状居多，适宜竖着敲击，这样它们碎裂时依旧是片状，白色石子又以圆形为主，大约是河水的功能，它们圆润细腻，没有边角。

　　一些小孩子在那里弯腰找寻奇异石子，女子们对此并不抱期待，因为她们知晓，这里的石子已经被反复捡拾。只有远处大山之中，在那些岩石之间，藏着稀奇的珍贵之物：玛瑙、绿松石和青金石。

　　她们只是知晓这些秘密，知道存在，她们也将在某个时刻结伴进入那里，找寻自己所爱。但此刻，她们并不对它们表示牵挂。

　　时间滑过。

　　公元 2014 年，这是一个仿佛被擦拭了的秋日午后，天空的蓝没有任何杂质，云飘到远处，阳光带着金色绒毛，细密，偶尔一缕风，猫一样走过。在柳湾附近的一个村子，我看见村道虽然已被水泥浇灌，但村子里高大垂柳和榆树依旧粗壮茂盛，几扇半开半掩的门内，隐约显出半院子葱绿。静谧。门内的人似乎都已去了远方，一只猫，女王一样坐在门口，白色蝴蝶自在出入。也有鸽子从屋顶起飞，翅膀没有声音，天空只是翻过一片银光。公鸡不再啼叫，黄狗吐着粉红舌头。

我们在一家院子里等待迟到的午饭。饭菜显然还没准备，我们手握一杯熬茶，坐在檐下说话。说熬茶，其实已经不是真正意义上的熬茶，只不过是在热水瓶中抓入一撮黑毛茶叶，加点盐泡出。要说当年的熬茶，往往会在砂罐中熬成，或者是黑铁茶壶，茶叶、花椒、老姜、盐，有时会有杏仁和薄荷，茶水煮沸，咕嘟咕嘟翻滚，直到茶水变成黑红。想一想，我们面对的变化真是稀奇古怪，瞬息之间就会走向两个极端：有些人喝茶，非要将一件普通事情变成仪式，茶案上一堆繁复，程序如同仪器精密，而有些人，简便得恨不得将茶叶抛进水缸。

柳湾先民是不喝茶的，我想，尽管茶的故乡在中国，茶的历史，若按传说，可以追踪到神农时代，那大约就是柳湾彩陶的半山——马厂时期。但一定会有一种类似茶的东西被柳湾先民拿来泡水喝，那会是什么。院子里，一些植物依旧在郁郁葱葱。大丛萱草的叶子披拂如同乱发，它金黄色的花早已开过，牡丹和芍药也已开过，牡丹枝上，一些红褐色的种子翘立如同另一种花朵。月季正在绽放，它桃红和暗紫的花朵热烈中透出娴静。那些膨大如同面盘的大丽菊也在开放。往高处，梨树的枝杈缀满果实，这是一种重心下坠的果子。如果往低处，草莓叶子正在匍匐，墨绿，几棵野生的蒲公英，在阳光下，撑开如同莲座……逐一看去，我所熟悉的，这些

群山奔涌

眼前的植物，我不能肯定，哪一种曾经在四五千年前的此地生存，哪一股清香，曾随风拂过，哪一种花瓣，曾轻颤如同薄翼。

午饭端上时，我看出它们来自自家菜园。凉拌菠菜，风味烤土豆，甘蓝粉条，木桶菜花，荨麻饼……菠菜我曾经种过，在我小的时候，土豆我熟悉到知道它每一个环节的生长要经历什么，甘蓝在园子里不小心就会绽裂，而荨麻，我专门为它写过一篇文章，将它称作小小魔兽。这些蔬菜中，我唯一知晓的，土豆来自美洲，它并不是这里的土著。我因此吃得有点三心二意，因为我依旧在揣摩四五千年前的，柳湾人捧在手中的食物。

猪、牛、羊已经被饲养，羊已经有绵羊和山羊……这样，我突然想，羊奶他们会喝吗？我是喝过的，比起牛奶，膻味重，据说比牛奶有营养。他们会挤牛奶吗？牛奶我挤过，只有一次，没成功，刚挤出的温热的牛奶我也喝过。猪呢，他们的小孩将猪当过马骑吗？我小时候曾经有过这样的恶作剧，结果被猪摔倒路旁。羊肉他们是肯定吃过的，大约是烤全羊吧，或者是血色尚未褪尽的开锅肉。羊肉，我抓起一根羊肋骨，黄焖的调味太重了，盐、酱油、糖、料酒、味精、八角、生姜、花椒，还有什么呢，我尝不出。那时候，这些调料肯定没有的，那么，他们吃过的羊肉，又跟我嚼的不一样……如此胡思乱想，等到一口咬出骨头时，心中一沉：骨头的味道总归是一样吧。

是啊，总归有一些东西，使我们的感觉彼此相同：拂过的河谷风，朗夜星空，阳光的温煦，流水清凉……或者一棵草叶划过手心，一只鸟将清脆鸣叫丢在我们耳旁。如此相同，仿佛时间并未走出多远。

黄金牧场

我看见一匹金棕色的马，那么蓬勃，毛色如火焰燃烧。它在驰骋，原野在它身边无限延伸，没有边界，它的蹄下铺满硕大花朵。没有人告诉我说那就是格桑花，但我分明记得它们就是传说中的格桑花。每一朵花都在盛开，金黄的花瓣耀射光芒。它们密密匝匝，仿佛庞大的罗马军团在动，又似数不清的细碎太阳同时散射光芒。那是天空下的湖畔草原，可是我看不见一棵摇曳的草，也没有飞鸟和湖。草地上蔓生的只有花朵，那是花的恢宏的国度，金黄。

我看不见自己的身影，似乎不存在，又似乎无处不在。我似乎就在那匹金棕色的马背上，跟它一起在无数热烈呐喊的花朵上驰骋。它的鬃毛光滑柔顺，根根在握。它的四蹄腾挪，迅疾，又优雅地迈着马踏飞燕的侧步。它的鼻息，我听不到鼻翼翕动的声音，但是温热的气息挟裹我的面颊。它的大眼睛专注，只容纳天空和草原……它的蹄下闪现时光，以及连缀成片的花之光芒。

然后我看见孤绝的青海南山，屏障一般陡然耸立，覆盖冰雪，仿佛披挂莹洁铠甲。寒凉的风拂过，还有寒凉的光在山脊闪烁。仰头，我看见山顶全是盛开的大丛头花杜鹃。蓝紫色的花朵摇曳，我伸出手，试图握住它们庞大如柱的金黄花蕊，但是距离过于遥远。我就那样仰头看着山峰和花朵。山峰洁白，顶上花朵蓝紫，山脚又是流淌的花的金黄河流。

我似乎又与那金棕色的马分离，我站在原地，看那匹马跃过花丛，攀爬山坡，腾跃而起。仿佛一朵升起的火焰，它最终越过山峰，隐入花丛。它飞跃山峰的那最后一瞬，火红的鬃毛和尾巴飞扬，它的背影如同蛟龙直上。

梦里有人旁白：龙马精神。

清晨醒来，依然记得梦中突然出现的那一个词：龙马精神。梦境那般绚烂，闭上眼，汹涌燃烧的花之草原依旧茫无涯际，那金棕色的马——我在梦中认定的青海骢逼真再现，它依旧驰骋，四肢矫健。有那么一瞬，我甚至认为梦呈现出来的那片草原，就是1500多年前吐谷浑的那片黄金牧场——青海湖畔的记忆依旧属于时光回溯：

20多年前的8月，青海湖畔依旧寒冷。天空浓云翻滚，却没有降下雨水的意思。远处连绵的山脉蹲踞在云雾中，面容模糊。油菜和青稞正在山下漫卷，帐篷如同甲虫静伏，绿草中偶尔闪现藏狗的脸孔，警觉，庞大身躯如黑色山石。野草的清芬、花香、牛粪烟、湖水的咸涩，它们混合成一种浓稠气息，漫延在草原。扭头，青海湖在草原背后高起，仿佛一块蓝色宝石。

傍晚的雨线飘拂，水色亮白，鸟岛宾馆已经人满，我们找到一家私人小旅店。一排旧年红砖瓦房，墙体潮湿，阶前荒草掩映。推开门，白灰墙皮斑驳，少有人住的阴凉，昏暗灯泡，印有大红牡丹花的铝皮热水瓶，笨重木头床，天花板布满黄色水渍。木格玻璃窗外是一座孤单寺庙，透过水影，可以看见寺前的经幡，轻掩的寺门已被雨水打湿，磨损的石阶，绿草蔓延，没有人影。察看四壁，有着毛茸茸肥腿的蜘蛛沿墙爬下，我们只好将靠墙的床挪到屋子中央。

冒雨去寻找吃食。湖畔草原在夜晚浓缩成一滴漆黑水珠。听不见湖水的声音，也听不见草尖滚落雨珠的声音。沉寂，雨水冰凉。

偶尔一声犬吠，仿佛是远处牧人的鼾声。零星灯火来自旅馆附近几家店铺。摸索着沿草丛中的小路行走，脚底滑湿，裤脚迅速湿透，有人打个趔趄，低声咕哝。依次叩问，几家小饭馆已经打烊。继续寻找，在草原深处，找到一家牛肉面馆。要几碗韭叶牛肉面。牛肉汤，剁碎的青蒜苗，肥牛肉片，厚萝卜，几滴辣椒油，香菜。热气冒出来，我们终于沉浸到水声食味中。

另一个夜晚，月光纷披，青海湖畔的铁卜加草原笼罩青色面纱。站在草原环顾，依稀见到一些夜晚的存在：毡房、经幡、草场围栏、牛羊。它们裹着月光，没有任何声息。露水未曾凝结，虫豸遁去，天空不见翅膀和流星。沉睡的草原，无比幽凉。

见到陶片上残存的花纹，废弃的城墙，还有豁口、土堆、旱獭和无比茁壮的草茎……是夏季夜晚的伏俟古城。它方形的城池已经失去规模，如同草原上所有的城郭，一旦衰落便被永久遗弃。靠近它，然后想象它的往昔：公元420到660年间的风声雨水，青海骢，干打垒的高大城墙，土木结构的殿宇威严，兽皮宝座上的可汗，后宫佳丽，激烈鼓乐，斟满酒水的陶器闪烁微光，剖开肠肚的牛羊，舞袖里的手势和密语，草丛深处，马背上的交欢，月光一样的动荡，将军骁勇……现在，倾颓的城墙上，只剩风雨刻痕。

很多年后，想起那几个夜晚，便会想起书中一支歌谣："老熊坐在山顶眺望天边的金黄，坐了千万年那金黄才变作太阳；露水做的黎明啊丝绸做的黄昏，哪儿有太阳哪儿就是我的牧场。"（杨志军《圣雄》）

　　　　　　　　　　　　　　　群山奔涌

塔加

冬日塔加，首先感觉到的是清冷。清凉寒冷，这是这个词的基本含义。冬日山谷，万木凋零，这使山的容貌清晰呈现。不是孤立的一座山，一座山谷，而是，山与山相连，谷与谷相通。如果站在山中任何一个点放眼望去，四面皆山。山的海，茫无涯际。这么多的山在一起，一点都不显得拥挤，反而更寥廓。没有高草遮蔽，山体的色泽裸露出来，丹霞，流水经年冲刷的痕迹交错纵横。山阴处，一层薄雪微白，清冷自那里生起。山脚几处梯田，如土壤的波纹荡漾。天蓝，阳光彻照，无风，空气冷冽。吸一口，好似啜一口山泉，凄神寒骨。

村庄挂在山坡，梯子似的向上升。村庄不大，也不多。万山中行走，翻一座山过去，见到一个村庄，有时拐过一道弯，迎面一个村庄。房屋皆错落，依地势而建，典型的藏地建筑风格。少了树木枝杪的掩映，没有红花绿叶的陪衬，村庄给人一种远离尘世之感。仿佛来自未来某个时代，像电影《时间机器》里的伊洛人居住地，又仿佛出自卡尔维诺之手，无尽的梦幻……遥望，如果我居住在那里，年复一年，或许也会成为一个手持念珠，镇日坐在阳光里不声不响的人。

一路不闻人语，鸟雀的声音也听不见。偶尔寒鸦飞过，晴空下一道黑色孤影。喜鹊将巢穴搭在杨树上。没有叶子的杨树，枯枝笔笔，鸟巢在树杈中格外显眼。有些巢穴三四个叠在一起，危如累卵。冬日，麻雀们应该聚在树冠里吵，可是不见麻雀聚集。时时见到雉鸡，村道，田埂，一只，或者一对，默然无语，只低头觅食。

流水的声音自然也听不到，水已结冰，薄薄一层覆盖河谷。

无端将这山中冬日的清冷与柳宗元的《小石潭记》联系起来。本来是不应该的，一处青树翠蔓参差披拂，一处山寒水瘦冰雪萧瑟，可总觉有某种相似处，揣摩许久，想起那是"其境过清"。

如果是夏日，村庄在绿树之间，真正的"绿树村边合，青山郭外斜"。树下，多山花。花多马蔺。鸢尾科的植物，叶子修长，花朵秀雅。花正盛时，大片原野成为紫色，风过，马蔺花清芬阵阵。人家的四合院内，天井中几丛牡丹艳丽，映得四面回廊都添了光彩。此时，牡丹唯余茎秆，山花不见踪迹，野草一旦不再披拂，院墙便现出来。不同于山外人家的墙，塔加的院墙、牲畜的圈墙、菜园子的矮墙均为石砌。石头来自附近山上，多片状。"一石九面"，村民干砌石头墙，不用泥或沙。没有泥沙杂草，褐色的石头墙干净整洁。除去院墙圈墙，一棵树，一片树林，路两旁，也砌起石墙，一眼望去，井然有序。

井然有序的，还有干柴。村民去山里，将干枯的树木枝条背来，码好，垛成一面面墙。干柴俱为黑褐，这色彩给村庄以凝重感，岁月的恒久。也有将干柴堆在石墙上，似乎有人时刻在做清理工作，不见一捆干柴凌乱在地。一些老院子一楼石砌，以泥巴抹平，二楼三楼，多采用"布达拉宫式"建筑：墙体以处理之后的树枝捆扎立起，用稀湿牛粪涂抹使之粘连，再用加了羊毛、牛毛和红土的稀泥将墙体抹平。这种墙冬暖夏凉，减压防震。

村路上，时有猫咪跑过。有猫的村庄，总给人几分安静。也有毛驴。毛驴似乎已是几个世纪前的牲畜。毛驴也安静，低头觅食，当你走过，很知趣地抬头注视你，是越过世纪的对望。着藏袍的女

　　　　　　　　　　　　　群山奔涌

子牵一头黑牛去河边给牛饮水，河岸已经结冰，只有河中央一股清水汩汩涌出。羊群自然散漫在收去庄稼的田地里。不像牧区那些染着大块红绿蓝颜料的羊，村庄里的羊大部分还留着白色身躯，只有羊角用油漆涂出以示区别。

在塔加一户寻常人家，我像一个侦探那样东瞅西看。雕花的木头大房在阳光下呈现出一种温暖的橘色，檐下卧着狗。闲置的一张木头大床铺红色线毯，上面是常见的炕桌，大约平时一家人就在这张桌子上吃饭喝茶。乌云盖雪的猫蹲在床下不出来。靠近墙壁，垒几只塑料袋，鼓鼓囊囊，里面显然是粮食。屋内炉火，煨的不知是晒干的牛粪还是煤炭。贴墙的木柜里，整整齐齐按类摆放各种碗、搪瓷盆、水杯、茶壶等餐具，钉子上挂着铁勺、藏刀。我用手机偷偷拍下几摞碗，数一数，白底蓝花的碗，共有四十多只。

院内极简，两株灌木，挂几枚枯叶。我问女主人是什么植物，女主人回答：梅朵。梅朵是藏语，花朵的意思。细看，原来是牡丹。墙根下扣着柳条编织的背篓，揭起一看，一株不见枝叶的小苗。用背篓扣着，是怕羊啃了去吧。有着一对完美犄角的羊走进院子来喝水。打来的水晒在一只桶和一个洗衣盆内，明显是用来洗衣服的。靠墙立着塑料鞋架，鞋子一双双摆在上面，洗得干净，一双红色塑料拖鞋里，还垫着绣花的鞋垫。

遇见一位90岁的老人，身板硬朗，穿黑色皮袄，戴黑色礼帽，皮肤黑，眉目俊朗，看上去也就80多岁。遇见一位女子，同样丰神俊秀，笑起来齿如编贝，她的长辫子乌黑，发梢装饰10枚铜币。年代久远，铜币已摩挲得金黄熟旧，"乾隆通宝"四字依稀可见。

无一例外的言语不多，始终微笑，眼神清明、安定。看着眼前几个塔加村民，想到清冷一词的引申义：形容人丰神俊秀或心地清洁。

清冷之外，塔加又给人以安然祥和。当傍晚来临，在巷口漫步，我看到暮色在石铺的大地上升起，看到青色烟岚在屋顶袅娜。那是柴在灶内燃烧，是火焰舔着锅底。多年未见炊烟在暮色中缥缈，隔世之感再次袭来。待走出山外，回首塔加，仿佛才从一重梦中醒来。

　　　　　　　　　　　　　　　群山奔涌

杂画册

残灯一盏野蛾飞

伊丽莎白·毕肖普的诗歌《寒春》最后一节，写最小的蛾子，写萤火虫，让人似乎回到一个不太冷的春天的夜晚，那是很久以前：

灯光下，贴着你白色的前门，

最小的蛾子，一如中国纸扇，

压扁自己，淡黄色、橘色

或苍灰色之上的白银和镀银。

现在，自茂密的草丛中，萤火虫

开始翩跹飞舞：

上升、下降、再上升：

点亮渐高的翱翔，

在同一时刻向同一高度飘拂，

——恰似香槟中的气泡。

——后来，它们升到高得多的地方。

而你暗影幢幢的牧场将提供

这些独特的、闪闪发光的贡品

遍及从今天到夏日的夜晚。

从未见过萤火虫，说来遗憾。一直以为萤火虫的发光部位在翅膀，到了晚上，翅膀一拍，光一闪一闪。有一段时间，我甚至想象萤火虫肯定背着一个鼓囊囊的大袋子，圣诞老人那样，到了晚上，光从袋子里发出来，萤火虫就背着袋子飞。朋友说南方乡下很多萤火虫，晚上外出，萤火虫落在衣服上，回家时需抖掉，像抖掉一群顽童。南方的乡下，我只住过一晚。梅雨季，天地全湿透，我躲在潮湿的被子里，关了灯，想象墙壁上爬了四五条壁虎。后来，查资料，才知道萤火虫的奥妙。原来人家不仅是光学专家，而且是个魔术师，光之类的物质都不屑于装在袋子里。

伊丽莎白·毕肖普的诗歌里，萤火虫是香槟里的气泡，轻轻地向上飘。很可惜，香槟我也不太熟悉。我见过的萤火虫照片，在夜间的森林里，是黄绿色的圆点小光斑，轻盈，仿佛笔尖的颜料刚刚甩出去，尚未来得及晕开。

作为一个北方人，如果还有什么愿望需要实现，那么看看夜晚的萤火虫肯定是首选。北方的夜晚，飞得最多的是一种名叫"撞倒墙"的大虫子，有点像斑蝥，褐色，比蝈蝈还大，蠢头蠢脑，一边飞，一边撞，撞到哪里算哪里。所以在北方的夏夜走路，得随时提防，以防被"撞倒墙"撞得哎一跳。在乡下，早晨的墙根，常常会有撞得死去活来的"撞倒墙"。当然，夜晚，如果玻璃窗上"咚咚咚"响，不用怕，那肯定是"撞倒墙"在撞。

这几年，小区旁边的人行道上，常常出现一种绿色的穿铠甲的小虫子，身体五边形，慢悠悠地走，仿佛未来战争里的披甲士兵。有时见到它，在路中央，怕行人踩到，找点草茎之类将其挪到路旁草丛。一直不知道它叫什么，连个"撞倒墙"这样的名字都没有。它有可能来自路旁高大繁茂的新疆杨，也可能来自路旁的绿化带丛。有一次，我甚至想，它可能来自黑暗的地底下，沿着下水道井壁，盗墓者那样，慢慢往上爬。

群山奔涌

原先还有飞蛾的，现在很少见，不知是因为住进楼房的原因，还是飞蛾在城市确实愈来愈少。

以前在乡下，晚间点了煤油灯，飞蛾便来了。始终不知道它是怎么飞进来的，窗户是关闭的，屋子的门也早早关闭了。煤油灯灯芯大，火焰忽闪忽闪，屋里明明暗暗的光线晃得厉害，看小人书或玩什么，总是费劲。如果飞蛾再绕灯芯飞几圈，黑影一重又一重，更闹心，便用手赶。然而赶是赶不走的，只好希望它们落下来，浸在油污里，动不了，捉了扔到外边去。可是一捉，手指上又是一层银粉，那一种黏糊糊的滑，怎么都擦不掉。

> 我想在那儿退隐，什么都不做，
> 或者不做太多，永远待在两间空屋中：
> 用双筒望远镜看远处，读乏味的书，
> 古老、冗长、冗长的书，写下无用的笔记，
> 对自己说话，并在浓雾天
> 观看小水滴滑落，承载光的重负。

继续读伊丽莎白·毕肖普的这一节诗，我联想到的，依然是飞蛾扑火的事情。我以为飞蛾是因为向往光而趋近灯火，但是科学家解释，飞蛾扑火是因为迷失。

"残灯一盏野蛾飞"，多么像一个人的一生。

窗

清晨一场雨，天暗下来。前不久与一位朋友同行，遇落雨，朋友说：雨将天空下亮了。很奇怪，有时候下雨，天空在雨水中分外明亮，有时候下雨，天仿佛蒙了一块脏兮兮的手帕哭泣。屋里也昏暗，清扫之后，又心血来潮燃一支线香。沉香安神，原本昏昏欲睡的早晨被沉香弄得更加昏昏欲睡。我是咖啡不耐受的人，熟普洱煮奶茶之后，又冒着头晕恶心的危险喝一大杯美式，然而还是昏沉。

有些愚蠢之举就是明知故犯。

读雷蒙德·卡佛的诗，一首《窗》多读了几遍：

昨夜，一场风暴袭来，毁坏了
电路。我从窗子
向外望，树木半隐半明。
低垂着，覆上了白霜。广袤的宁静
笼罩着乡野。
我向来深知。但在那一刻
我感觉到，我这一生从未许过
虚妄的承诺，也未做过
逾矩之事。我的内心
尚且纯净。后来那天早上，
当然，电路重新接通。
太阳从云层后步出，
融化了白霜。

群山奔涌

万物和从前一样。

很多年前，20岁左右，我在乡下一所中学教书，住在教师宿舍，自己做饭。宿舍简陋，小小一间平房，拉一道白纱帘将屋子隔成两半：后半间放冬季用的煤砖，前半间一桌一椅一床一炉一水桶一洗漱架一窗一帘。办公桌是自己从家里带来的那种笨重的实木桌子，抽屉带锁。桌子摆在向南的窗户下，窗帘也是自己缝制，水红色府绸上印几朵赪紫色大花。白天时间杂乱，吃完晚饭，拉上窗帘，拧开台灯，时间才真正开始。

几乎每个晚上都坐在桌前读书。书杂，碰到什么读什么，有时抄写。影响深刻的，是抄一本蓝色封面的宋词选。借来的书，规定时间得归还，内容实在喜欢，就一首一首抄在笔记本上。抄写累了，打开收音机找曲子听。宿舍彼此相连，隔音效果差，收音机音量不敢开大。有时，如果窗外有月，摁灭台灯，拉开窗帘，找月亮看。

那时身体好，熬夜可以到凌晨。乡村的夜，本来应该河水喧喧，松涛阵阵，可那时几乎什么都没有。学校在一块宽阔平整的河谷里，山在远处，河流也在远处。近处四五户人家，偶尔几声犬吠。常常是寂静的夜，推窗时总见到院子里的一株杏树。杏树瘦瘦小小，从未见杏子结出，杏树旁边，一株紫丁香同样瘦小。夜色里，两株树的剪影寂然不动，仿佛两个失去语言的人。月亮升起来时，要微微侧一下才能见到全貌。乡村的月亮同样寂然，细看，月亮的雀斑更明显一些。

有一次，见月亮大而皎洁，月光铺下来，两棵树仿佛蒙了一层白纱。看树，再看月亮，树与月亮的距离居然那么近，用手比，一尺不到。突然想到这世间此时此刻同样看月亮的人，他们从不同地方，不同角度仰头，他们的目光越过不同树梢，最终汇聚于那明亮的一点，可是他们彼此不相识，那么遥远。一时竟想念那些不知名姓的人。

"书窗一夜月初满，却似小溪清浅时。"那时尚未读这句诗，也不懂"我寄愁心与明月，随风直到夜郎西"。但那时确实是孤单的，孤单而纯净，看任何事情像推开一扇窗看风景，简单而明晰。

多年后，早已见过不同的窗，看过不同窗口的月亮，然而看世界却无法像多年前那样，推开窗，看见月亮是月亮，看见杏树是杏树了。一切都已变化，遥远，似是而非。

群山奔涌

想起一个夏天

今晨积雪——

园里唯葱叶冒出，

像小路标。

读松尾芭蕉的俳句，想起一个夏天：

是中考之后的假期，在乡下，7月漫长。大多时候无事可做，借来的一两本书无非在讲相似的故事，读完不想再翻。日记还是坚持，有时候，实在无事可记，就记下三餐饭所用的蔬菜名称，无非甘蓝、角瓜、白萝卜、土豆。邻居的猫不一定每天都来，它若来，必先跃上西墙，迈着优雅的步伐，沿墙头走几步，然后跳到木槽，再跳下。猫瘦瘦小小，乌云盖雪，每次来，我都找点吃食喂它。那时家里已经不再养鸡，鸡圈拆除。黑狗一只，没人来，黑狗镇日沉默。喜鹊来去在门口的大青杨树上，只在早晨"喳喳"几下，麻雀很少见，仿佛弃世远去，红尾鸲如果飞过，红艳艳的尾部格外耀眼。

一个午后，我坐在菜园里，昏昏欲睡。阳光慵懒，一缕风都没有。河水在不远处哗哗流动，声音清越，但无凉意。低矮山脉横过眼际，山腰灌丛苍翠，偶尔一片云杉林藏在沟壑，山脚几亩田地。青稞油菜，土豆蚕豆。小路穿过村巷，寂静，泛出白光。菜园里几畦萝卜将带着红晕的身子歪出来，个儿不算太大。鸡毛菜壮硕，一直长，秋天可以做腌菜。菠菜结了籽，芫荽开出白花。一株大黄守菜园多年，蔓菁愈栽愈少，甜菜也少。很久之前，甜菜根放进砂罐里，是可以熬出黏稠的黑褐色糖汁的。留做种子的白菜比去年高出一头，十字形的花小而碎。韭菜畦只有桌面那么大一小块，已经割过两三茬，现在老了，韭花抽出。大葱当初按行移栽，现在它们挺直身子，灰绿，要开花的几株，花葶高出，花序包着膜片。它们规规矩矩，似乎将向上的路、向左和向右的路一一标注。

　　旁边几丛野罂粟，黄色系，深浅不一。最淡的，松花黄，可惜那时我并没见过松花。浓一些的，接近红色，黄丹。两三株虞美人，密被绒毛的花茎纤细，花瓣单薄，微皱，花色不是普通的紫红，而是乳白。似乎也有一株罂粟，一两朵花，花瓣层叠，成为大花团，彤管色。就那样，我无所事事，坐在菜园里一块干燥的泥块上，手指似乎在捏一枚青草叶子。植物汁液搓出来，手指上淡淡一点清芬。我坐在离学校很远的地方等中考成绩，已经等了几天。至于成绩出来要怎样，又没一点打算。对未来有所期待，可是期待不明确，反而成了迷茫。迷茫漫天漫地，我在迷茫中漫漫无期地等。

　　似乎少年时光就那样在等未来中过去。

　　海拔高，牡丹无法成活，芍药也是。如果牡丹花能开，那样的7月，一定也会"牡丹花深处，一只蜜蜂，歪歪倒倒爬出来。"那时的蜜蜂肥肥大大，笨拙地飞，蜂蜡染黄前后足。蜗牛总躲在叶子后面。蜈蚣偶尔爬出来，两排毛茸茸细足让人害怕。如果时日往前推，清明过后不久，母亲将炕灰扒出，均匀地摊在韭菜畦上，一袭灰白色。过几天，韭芽冒出来，一点两点，那情景，也颇似"今晨积雪——园里唯葱叶冒出，像小路标"。

村庄

午后在老龙湾村慢走。阳光弥散，农田里的油菜花如黄色布幔，抖开便收不住。土豆正在开花，浅粉莹白两种，土豆的花经得起一看再看。青稞穗子尚未饱满，麦穗修长。阳光无处不在，麦芒那样细，它也要落在上面闪闪烁烁。田埂高草披拂，割草人早已消失。远处山坡的线条平缓简洁，像儿童画那样，若坐在那些山坡的青草上，可以像滑梯那样往下滑。

村庄整齐干净，新农村的标配。水泥路一直向远处青山铺去，补修过的水泥缝里有杂草长出。路一侧是农田，另一侧是彼此相连的庄廓。砖砌的院门高耸，褐色的铁质大门，门扇上点缀漆成黄铜色的门环。有几家门框上挂着"五星级文明户"的荣誉奖牌：卫生整洁、团结风尚、勤劳奉献、诚信守法、爱党爱国。半开的大门内，依稀见得铝合金门窗，水泥地坪，水泥砌的台阶，废弃油漆桶做成的花盆里，几株万寿菊和锦葵。白粉刷过的院墙上，是一幅幅宣传画。靠近我身边的一幅主题是友善，写着"推己及人，善心善行"，画面是一个孩子带老人过斑马线。紧挨院墙的小小菜园，有统一的木头围栏，围栏漆成黄色。太阳能路灯竖立在路旁，电线像五线谱那样在村子上面穿过。

菜园大多疏于管理。连着五六户都栽了云杉，云杉都是生长了三四年的样子，尚未健壮，针叶泛黄，杂草在云杉树下葳蕤。又有几户，菜园直接改成牛圈，牛卧在干土上反刍，木头钉成的牛槽，几根青草搭在槽沿。槽边一两只颜色鲜艳的塑料水桶盛着水。

环顾，风景绝佳。村后青杨树已经高过房屋，绿色的屏障之后又是一道青山逶迤，诸峰累累，云叠山头如出水的荷。天空蔚蓝，河流应该在不远的地方。树梢麻雀啁啾，小蝇子拖着阳光嗡嗡地飞，混着青草的暖气在耳朵边轰轰作响。

一块农田种了大黄，现在大黄已高过人头，粗茎直立，红色花穗正盛。大黄田旁又一块地种了羌活，羌活也在开花，花色不黄不白，仿佛出自古画。地头立一块蓝色小木牌，上书"羌活大黄种植基地"。我去看大黄，有人走来用不标准的普通话打招呼，我用青海话回复，原来这大黄和羌活是外来人租种，大黄 3 年前收过一次，今年应该再收一茬。打招呼的男子一身灰色西服，化纤材质，闪着亮光，穿皮鞋，脸上皮肤晒得发红。男子稍拘谨，我更像个喜欢窥探隐私的人：

孩子该放暑假了吧？

在上技校，假期没回来。

你平时都在家？

刚从天峻县打工回来。

工钱怎么样？

太低。

有多少？

一个月四千。

你家也养牛？

养了两头。

现在养牛做什么？

卖钱。

一头牛能卖多少？

一万左右。

…………

话题不自觉绕到钱上，这是这个时代绕不过去的话题。说话时，一位女子开着三轮车自对面过来。太阳光强烈，女子戴了防晒口罩，遮阳帽，绿色夹克，黑裤子，奶白色凉鞋，白袜，黑手套。不知三轮车里载着什么，到哪里去。女子目不斜视，车子"嘟嘟嘟"几声开过去，村巷一时又安静下来。

不闻鸡鸣犬吠，不见孩童玩闹，也没有老人聚在青杨树下聊天，村庄上空，更无烟雾缭绕。眼前的村庄，已与记忆里的村庄迥然不同。记忆中的村庄自然是旧的，冬天一片白色荒寒，萧疏至极，早晚炊烟升起，夜晚通常乌黑，走夜路总怕迷魂，出月亮时，又仿佛落了一地雪，每走一步都怕有脚印留下。如果是夏日午后，一切懒洋洋，时间特别长，停止了一般，风躲进灌丛打盹儿，小动物不肯到阳光中来，老人们坐在树荫里，像雕塑，小孩子总要爬墙，苔藓也要爬到土墙上幽幽地绿。牛羊都进了山，河水寂寥地喧哗，世界上似乎再也不会有什么事发生。然而眼前村庄，一切都是新的，连午后的懒洋洋都是簇新的，新得没有皱褶，没有压痕。夜晚想必也是新的，路灯一盏盏点亮，星空自叹弗如地远去，星空下的人们想着这世上该想的事。

变化始终存在，毋庸置疑，我从不对变化表示异议。看见的和看不见的城市都将存在，而且一直存在，村庄亦如此。

想象4000多年前的一天

那是4000多年前的一天。我想象那也是一个夏季，天气晴朗，阳光纯净，夏季的风依旧清凉。那是青海省民和县官亭盆地黄河岸边的喇家村，4000多年前的一天，黄河水在村边静静流淌，天空有鸟的翅膀，河岸植物葳蕤，蝇虫嗡嗡，花香散漫。

那一天，庞大的氏族成员在首领的分工下忙碌自己的事。女人们戴着骨制项链，捧着陶罐去黄河汲水。她们的长发纷披，搭在健壮腰部；她们的手臂带着荆棘和动物牙齿的划痕；她们的目光专注，却又热情调皮。窑洞在她们身后，德高望重的人在窑内壁炉烧烤食物，准备分配。那是大块猩红的肉，血水和油脂滴落下来，在火中燃烧，发出"噼啪"之声。熟肉散发出的诱人香气在窑顶缭绕。光着脊背的孩子嬉戏叫嚷，窑外，一些工匠在明丽的光线下制作彩陶。他们选料，制坯，彩绘，然后烧制。他们技艺娴熟，心里装着万物，装着男女欢娱。他们把想象抟成模型，他们描绘，纹样、图案和符号是他们爽朗率直的生活表情。

远处高地上，一场举行祭祀的准备活动正在进行。由12根高大支柱搭起的正方形屋内，人们搬来陶器和石器摆放在高处，有人用粗糙的手掌拭去玉器上的尘土，使之透彻晶莹，并将小米做成的面条盛在红陶大碗内。大堆的火焰即将跳荡，祭祀的歌谣已在喉部升腾。人们来去匆匆，并不喧嚣，他们满怀对神灵的虔敬，而忘记彼此交流。

高悬的石磬，它的颜色黑青，石头的纹路清晰可见，明亮阳光穿过石孔。现在，石磬即将敲响。它的声音清纯悦耳，音律完整。

　　　　　　　　　　　　　　　群山奔涌

它的敲响预示着那将是暗藏变革的一天。生动活泼、自由舒畅的时期正在慢慢消失，敬畏和神秘开始攫住人们的心。然而那一切都不曾明显发生。如同那一天的风、阳光和流水以及那一天的某一株桃树。宁静，但暗藏秘密。

平静的一天伴随西天的红云渐渐散去，山峰的轮廓黝黑流畅，幽凉和寂静连同晚风拂过河谷，黄河的水声在夜晚显得多么磅礴。鸟雀已经隐去翅膀，远处是小兽不安分的叫嚷。窑洞里烧烤食物的灰烬渐渐冷去，夜的寒凉沿着地面袭来，幼儿瞌睡，闹着要母亲的乳汁哄他入睡。清醒的人们还在谈论发生在昨天或前天的杀祭活动，那个为祭祀献身的外族人就在窑洞旁边的杀祭坑里，鲜血尚未凝固。而另一些窑洞里，人们点燃木柴。干燥木柴发出"噼啪"之声，火星四溅。有人在火苗前低头擦拭玉器和卜骨。那是一块巨大的玉刀，象征着无上权力的玉刀在幽暗灯火下发散森然的神秘气息。

在那一刻，他们一定和后世的我们一样，过着烟火腾腾的世俗生活，喜欢食物、游戏，并带着淡淡倦意为睡眠做准备。那是一种满足香甜的倦意，如同氏族里那一对对欢娱后的男女。或许他们也担忧外族部落的突然袭击，因为他们刚刚杀祭了那个部落的人。

也许他们的话刚刚说了一半，灾难突然降临。

天崩地裂的瞬间。大地先是一阵轻微抖动，然后加剧，频率越来越高。地面之下是无数利爪，不断撕扯、拧搅。地面破碎，如同裂开的牛皮鼓面，露出狰狞缝隙。黄土浪潮一般翻卷，大风刮起浓雾，黑水仿佛喷泉从裂缝中迸出。黄河水掀起浪花，树木拦腰折断，窑洞纷纷垮塌。

灰尘堵住他们的口，他们无法呼叫。奔跑，但是脚下已经失去重量。血水在黄土中渗透，他们没来得及说完最后一句话。墙角幼儿依旧眨着好奇的眼睛，他的母亲在那一刻弓下腰去，用自己的身体挡住垮塌下来的墙体窑土。

第二天，那是4000多年前的第二天。地震掀起的迷雾和灰尘依然弥漫整个河谷，一些幸存者睁开眼睛，看见倾斜颠覆的大地上，树木在黄土中横斜，小米的根须倒戳天空，窑洞不复存在，房屋的木柱孤零零戳向天空。陶器破碎，人们已经失去声息。而在坍塌的窑洞内，薄弱的呼吸依旧存在，挣扎的手臂还在无力摸索，但没人来拯救他们。

山洪暴发，黄河水泛滥。

在地震前夕，那些流动的水多么清澈，它们穿越盆地的身姿多么优美，仿佛树枝伸展在月光下。不给你预示，但是变化在瞬间发生。暴涨，怒吼，叫嚣。黄河冲出河谷，冲破两级台地，冲向人们的聚集地。翻滚腾越的浪头拍碎所有残存的墙体和窑洞，它们腾起的脚步粗暴蛮横，它们像一群魔兽。

片刻之后，所有生息在洪水漫过的地方停止，灰白细沙和棕红黏土塞满每一个缝隙。

多么寒凉的事情，水淹后还要让水淹，土填后还要让土填。

仿佛沉寂之后还要沉寂，破灭之后还要破灭。仿佛发现之后还需要发现，明白之后还需要明白。

秋日将近

读韩国法顶禅师的箴言集《山中花开》，摘录一段文字：

秋日将近，树叶开始凋零。看着季节递嬗，绝不要叹息，诸如："啊！真令人惆怅，已经入秋了啊！不知不觉一年只剩两个月了。"季节给予我们的意义是什么呢？我们所见的落叶和果实，对于人生有何种意义呢？

非本质的东西，不必要的东西，虽然可惜，但都要舍弃，这样才会感到清爽。只有革故鼎新，叶落了，来年才会绿满新枝。如果树木始终挂着陈年旧叶，新的叶子就无法生长出来，人也是如此，要整理每一瞬间的想法，清理不必要的念头。

革旧才能鼎新的道理已经懂了很久，一念便是人间便是地狱的道理也已明白，遇到这样的句子，还是要重读一遍，仿佛蹲在山间溪水边，忍不住要将手探进清凉的水中去。

季节更迭，秋天到来，未尝不是一件好事。想起8月末的一天，午后，在山里，与一种紫色相遇。那是一种从蓝色中漂出来的紫，蓝色的超然过滤了紫色的幽深，使紫色蝶翼一般轻盈。那是出现在一种名叫仙女果的果皮上的紫，那紫色更像一层薄霜，就那样轻轻包裹着一枚枚小果子。它甚至经不起我手指轻轻一碰，瞬间烟云尽散。

秋阳明净，果实累累，树枝不堪重负，一直往地面垂。主人介绍，眼前这些仙女果树自吉林引进，栽植5年，去年结果，今年正式出售。客商来自上海，已经预定了 10000 斤，等果子再熟一些，摘下运送过去。果树所在的山坡，以前只有稀疏的芨芨草生长，树木难以成活，主人承包 1000 亩，花许多财力精力，种草植树，引来河水浇灌，又引进果树。多年过去，童山渐渐变绿，现在，榆树成林，仙女果挂在枝稍，红彤彤蓬蓬勃勃。

环顾，满眼名副其实的秋，树叶不再墨绿，割下的玉米茎秆散乱一地，瓜蔓枯去，秋草渐黄，蚱蜢在做最后的蹦跳。很奇怪，站在山坡许久，只感受到秋之安详慈悲，还有颗粒归仓的愉悦。

确实是，现在遇到秋天，很少想起以前读过的那些关于秋天的文字，"悲哉，秋之为气也！萧瑟兮草木摇落而变衰"，或者"盖夫秋之为状也：其色惨淡，烟霏云敛……"可见除去记忆力愈来愈糟糕之外，现在所思所想也已简化许多。

大约 30 年前吧，同样的 8 月，一个下午，在进修学院的教室，我第一次感受到秋气之凛冽，印象竟是那样深刻。老师在讲什么已经忘记，我坐在教室后面，右侧的窗户大开。窗外是进修学院的几株柳树。8 月的柳树，叶子尚未变黄，阳光斜照在枝条上，绿色罩一层淡黄光晕，使人恍惚。有那么一刻，一阵风来，拂过柳枝，跃进教室，穿过身体。风竟如利刃，我清楚地察觉到一把金属制成的兵器戳来，将一个下午连同我的身体伤得千疮百孔。那之后，很长时间里，觉得秋天都是随风而来，大刀阔斧，扫荡一切，冰冷不近人情。

同样的 8 月，30 年前后的感受如此不同。想一想，秋天还是那个秋天，变化的，不过是人的一念。

关于秋天，法顶禅师在书中又有两段文字：

秋天有凉爽的怡人气候，清新的空气和蔚蓝的天空，让人无法再坐在书桌前。光是在大树下休憩已嫌时光苦短了，我们又怎会满足于坐在狭小的房间里翻阅书本呢？

也许是季节气候迥异，在心浮的春天离家而来的人（出家的僧人）不易扎下根基，大多原路而回；但是秋天和冬天离家而来的人因韧性坚强，从未想要离去。

牧羊人

麦客走出村庄的时候，牧羊人还是赶着一群羊进入深山。他们最终走向两个方向，越来越远，即使他们步步回首，彼此的容颜已经不再清晰。然而谁又在乎清晰与否，长久的别离之中，记忆终将模糊。

我不喜欢一开始就这样说，仿佛在刻意模仿。然而事情总是这样开始，抑或这样结束，所谓世间再无新鲜事，大约如此。

8月，麦子成熟，村庄被金色麦田和大株青杨树分割。那些密植在河沿、田埂和路旁的青杨，长势肆无忌惮，不仅树冠膨大，连树干都被细小枝条层层包裹，显得臃肿肥胖。有时，会有大棵榆树夹杂其间。榆树叶子总是绿到深处，一掐，仿佛便会渗出墨汁。也有沙枣树混杂进来。沙枣树横向发展，善于虚张声势，有风时，肢体动作夸大如同醉酒，尽管叶子绿中带灰显得低调。这样，成排的青杨树，在大地上，阵势十足。大块麦田同样如此。

麦客纷纷从远处山沟走来，戴着草帽，握一把镰刀，有时结伴，有时独行。他们将吃住到某户农家，然后在他们的田地中劳作。但这种时日并不长久，麦子很快割完，大地变得单薄，麦客便将走向另一处金黄之地。有时，麦客也会游荡一番，一无所获，走回山沟。这毕竟是一个机械化的时代，麦客的存在岌岌可危。

但是牧羊人一直在别人的山坡上，放牧别人的羊群。

他们同样从远处大山走来，带着换洗衣服，有时，甚至什么都不曾带。他们在一个村庄停驻，找到安身之所，开始他们的生活：早晨，人们将羊赶来交给牧羊人；傍晚，羊又被牧羊人赶回村庄。

群山奔涌

牧羊人只有一处栖身之所，饭食由各家各户轮流提供。

这里存在一个问题，如果没有信任，谁又会将羊群交到一位来历不明的牧羊人手上。羊群走进深山，一走便是一天，其间，坑蒙拐骗的事情如若发生，除去牧羊人，谁会知晓。假如羊被狼吃，牧羊人又该如何交付。然而并无这样的事情发生。一些发生的事情，也不是传奇。一次有人追问牧羊人，回家的母羊为何少去一只，牧羊人说明天带绳索跟我进山。第二天，羊被找到。原来母羊独自乱跑，不小心掉进山沟，爬不上来。而且山沟高草披拂，羊一下去便不见踪影。倒是羊羔站在沟畔咩咩不已，这才引起牧羊人注意。

事情发生的其实很少，更多时候，牧羊人不过是个单调的移动景物。8 月之后，大暑之前，阴雨霏霏，阳光暴烈，牧羊人总是身负背影，手握牧鞭，在黄土松动的小道，在野草湿滑的山坡，在清晨，在薄暮，在一群又一群羊之后，仿佛一棵没有根须的植物，仿佛世间与他无关。

与世间无关，该是怎样飘潇。没有群体狂欢，没有独自哀愁。风雨在窗，花月盈户。来时雁嬉沙滩，去时鹰化为鸠。

我读古诗，从不羡慕"牧童归来横牛背，短笛无腔信口吹"之类情景，我也不希求有一日跟着某人去放牧。张狂却又寂静的青春过去，一些幻想水泡般消失，露出的现实土壤，斑点驳杂，一些急于逃脱，急于隐匿的愿望也开始散去。设想万千，抵不过一夕变化。明白之后，世事无常的感慨倒也其次，渐次而来的一些倦怠终将跳脱之心化为安宁。某次和友人在网上说话，她在北京生活，烦了雾霾烦了公交烦了闹铃，她说想回甘肃老家放羊，我问羊毛谁剪，羊圈谁扫，她归于沉默。

其实，在我小的时候，我已经做过牧羊人，我也赶牛进山，在马蹄扬起的飞尘中，抬头看天。我明白，我所熟悉的，别人未曾经历，我所想象的，别人已经厌离。

不过如此。

群山奔涌

月印千江

夜半醒来，见得帘上明月，如同一枚剥去皮的荔枝。其时未必真是夜半，或早，或迟，既是中途醒转，当是夜半。这种猜测无理可据，胡搅蛮缠，然而好玩。没戴眼镜，透过纱帘去看，月亮仿佛长了一层绒毛，正在漫天的水中漂浮。中秋过去已经两三天了吧，算去，月亮该是徐徐瘦下去的样子，即使不清绝，肚腹也该是凹陷了的。然而隔着一层纱帘，月亮还是壮硕浑圆。

我知道，如若戴了眼镜去看，月亮将会是另一番模样。它的绒毛褪尽，边界分明，它陷下去的部分，突兀醒目，它也不再裹了包浆般圆润，它仿佛小了一号，是另一颗月亮。

另一颗月亮，我被这种想象绊住。

村上春树在《1Q84》中借青豆和天吾之言，曾反复描述另一颗月亮。

天空中浮着两个月亮。一个小月亮，和一个大月亮，并排着浮在空中。大的，是平常看惯的月亮，接近满月，黄色。但在它旁边，还有另外一个月亮，一个形状不曾看惯的月亮。稍微有些变形，颜色也仿佛薄薄长了一层苔藓，发绿。

一个是自古就有的原来的月亮，还有一个是小得多的绿月亮。和原来的月亮相比，它有些走形，亮度也差很多。看上去就像一个不受欢迎、又穷又丑的远亲家的孩子。但它显然在那儿，难以否认。不是梦幻，也不是错觉。它作为一个具备实体与轮廓的天体，的确浮在那里。

那是另一个世界里的月亮，或者说，它只是村上春树的月亮。它被想象，被安排，被描述，同时，它被隐蔽，被忽略，被否决。它作为意象，总是象征，总是警醒。它无法像那颗正常的月亮，被人无意扫视，然后一眼带过。它也只是在书本中，在纸页上，在多人的意识中，它无法圆缺，无法升起，无法移动，无法滑落。它几乎被制造，注定没有月华流泻。而此时，我窗外之月，清辉似水。

那是深秋，半夜时分我们便驾起马车去远在高山的田地劳作。那晚月亮很大，月光照着山脉、森林和河流，我们走动时，像走在银子里一样。青稞捆子早已排在一起，我们很快便将马车装满，用绳索扎紧，我跳上马车，坐在车子顶端，开始回家。路不好走，弯曲颠簸，车轱辘在月光中发出声响。走过一段沟坎，马突然焦躁起来，显得不安，步子迈得很碎，尾巴甩动。我抓紧绳索，想这月光居然也会刺激马匹。这样又走过一段路，我偶然低头，发现车后跟着一只狼。那是一只灰色的狼，或者，是其他颜色，是月亮给了它灰色。起先，我以为那是一只大狗，我盯着它看，想它跟着我们要去哪里，后来脑子一转，我看它的尾巴，垂着，于是我明白那是一只狼。我不敢出声，不敢说给驾车的人，不敢动，不敢闭上眼睛，也不敢盯着狼看。什么都不敢看，只好看月亮。月亮贴在天上，仿佛死了一样。

关于月亮，或者狼，一位老人曾如此讲述。

群山奔涌

每忆起老人所述，我眼前所现，总是漫无边际的银色月光，大地在它的包裹之中：山脉、河流、森林、田地、道路、马车……那几乎是一片银色的大海，只是不见船动，没有帆影。

现在我眼前出现的，也不过是另一颗罢了，我想。

月亮不过个环绕地球运行的固态天体，它与地球的关系，天文术语便可道尽。然而圆满它的，却是时间和人。时间总是存在于另一些时间中，不管成熟与否，它们带着逝去的气息，却又日日翻新，这一时，绝非那一时。那些人，以及潜藏于月光之下的物事，那些青葱植物，啁啾鸟鸣，那些流动并且远播的清气，这一处又不似那一处。如此推及，我现在所观之月，既不是先前之月，亦非将来所见，更不是他人同时所观，它只是另一颗之中的另一颗，因人而异，瞬息万变。

想一想，这世间该有多少月亮。

一条名叫高原裸裂尻的鱼

天光已经这样明亮，夜晚的薄云慢慢散去，清冽的风沿河谷而来，拂过岸边，也拂过河面上的白色水花。腹部闪着银光的明鱼，身长只有一寸，它们在水底，仿佛一些变幻不定的线条。河底铺满卵石，还有寄生的小虫子裹着螺壳和草茎。那些从高山上流来的溪水，汩汩汇集。它们在夜晚发出声响，以回应山际松涛，在晨间，它们依旧淙淙作响。早晨我没有时间玩闹。挑木桶，来到河边，弯腰，用水罐将河水舀进木桶。有时，明鱼游进水罐，绕罐壁用身体画出圆圈。它的尾鳍灵活有力，因为太小，腹鳍和背鳍看不清楚。将水罐里的明鱼倒入河中，看它们箭镞一般躲到水花下。重新舀水，再一次看见明鱼游过来，鼓起豆粒一样的圆眼睛，围着水罐嬉戏。

如果我在有明鱼游动的河边停步，我所见到的一切，都将缩成一个叫"家乡"的名词。东山顶上的积雪常年不消，那里有嶙峋岩石，有沟壑交错，马鹿和月熊偶尔出入，还有蓝眼睛的荒漠猫。云杉和白桦的森林横贯南山腰际，灌木丛在高处，开满杜鹃和瑞香。7月的时候，柴胡花会将北面山坡染黄。青稞田在四面的山脚匍匐，土豆将在那里开出大片淡粉和白色碎花。大麻会在田边结籽，燕麦将在秋天继续青葱。村落在河边，青杨织烟。如果时间将我捶打，像女娲抛出的泥点，如果多年后，我在另一个地方回望，家乡总是那个模样。

明鱼似乎很少跳出水面。它们在鹅卵石的缝隙和柔曼的水草间往来倏然。它们看不到岸边蒲公英的花朵，也看不到灌丛里的紫菀。雉鸡在那里怎样低飞，草丛中怎样留下它们灰白色的蛋；草莓在5月怎样开出白花，8月又怎样将果实悄悄悬挂。它们也看不到甘青铁线莲的花朵怎样被我摘下，玩一种斗狗汪汪的游戏。它们在水中，偶尔见到天空盘旋的金雕和雀鹰。当我脱下鞋子，用脚拍打水花，当隔壁姑娘将我摁倒在水中给我洗头发。那一切，曾经那样明白无误地发生，当我说笑，来回奔跑，不知名的鱼在水底是否也跟着欢乐。

傍晚，金棕色的马从山上奔下，它们身后是黑色牛群，羊在它们身后，仿佛奔跑的云朵。早晨，它们那样急迫地离开村庄，仿佛要离开噩梦纠缠的夜晚。它们那样决然，蹄子扬起碎草，仿佛一去再不回还。现在，它们又趁着夕阳，迫不及待地奔回村庄，找到熟悉的路口和家园，仿佛它们离开已经很久，害怕松木的大门从此将它们阻挡。它们带着风，蹚过河水，蹄子翻起水底石头。它们携带在蹄子中的泥块和青草被河水冲洗，如此泥沙俱下，浩浩汤汤。明鱼在水中惊慌，我看得见，却无能为力。我只能垂下手，退到一边。

过程这样久，仿佛它将取代开始和结束。然而一切都已寂然，夕阳落下山头，清冷的风重新吹过，荆芥、薄荷，还有防风的药香继续流淌。明天尚未来到，过去还在眼前摇晃。黄昏的大翅膀下，草棵跳起舞，即将闭合的花也在跳舞。明鱼小小的身子在水底的微光里，一个个急转弯，那样迅疾，又悄无声息，仿佛我们逝去的童年。

舒伯特的《鳟鱼五重奏》，是一部加强低音，又使结构多出一个乐章的钢琴五重奏，我每次听它，想象中总会出现如上画面。鳟鱼我不熟悉，想象时，自然是熟悉的明鱼替代了它。很多年来一直不知道明鱼该怎样称呼，有一天，忽然知道它叫高原裸裂尻，拗口又难听，可这不影响它留给我的记忆。家乡的许多事物都这样，它们像一首曲子，时而响起，时而寂灭。时间过了很久，草木衰败又葱茏，但那些事物从不会走到尽头。

再度秋日

忽然又一次来到黄河边上这个名叫山坪的村庄。

村中盘桓片时,坐红色三轮车往山坳走。三轮车行驶在村中水泥道上时,除去声音"突突突"高低不平,车身平稳。天气不好,几星雨飘到脸上,又有微冷的风将头发往后吹,秋天的凉爽扑满全身。车快,路旁闪过闲坐的老人,红果密缀的花椒树,大株蜀葵和臭椿。猫快捷地跑过,不见牛羊来去,水泥路闪着灰白光芒伸向远处。三轮车拐进山坳,路开始崎岖,车身蹦蹦跳跳如一只不安的蚱蜢。紧握车把,眼睛还是忙着看四周。一株核桃树如法国画家卢梭的《大橡树》,一身的艺术气质,令人刮目。核桃在叶子间,如小兽冒出的绿色脑袋。小麦已经收割,地里尽是玉米,春玉米早已掰去,茎秆还未收掉,秋玉米个子高挺。向日葵站在田埂,低头仿佛赎罪。富士苹果紧绷的果皮呈现出淡淡雾蓝色。

从三轮车无法行驶的地方到山坳深处的玉米田,要走一段路。一路高草披拂,荆榛遍地。第一次见到甘草,茂盛的一丛,看叶子就知是一种药材。甘草解毒,以前有位朋友教我甘草汁涂面:纯净水泡甘草片,装玻璃瓶储存于冰箱,用时直接涂面。朋友还教我用初榨橄榄油洁面。橄榄油洁面,甘草汁护肤,结果脸上长出些许小疹子,不知问题出在哪里。现在,甘草在眼前,一蓬蓬盎然生机,羽状复叶带着天然的高贵,与身边鹅绒藤形成对比。鹅绒藤匍匐一地,又毫无骨气地缠在柽柳上,白色小花看不出形状,但是结出的荚极长,五寸左右,带一点莲红,尖细,微微翘起,让人思及清代女子手指上的护甲,不敢用手去捏。

山坳深处的地由老人开出。当年老人为了开地方便，盖一间简易房住在山坳，现在地继续由儿子儿媳耕种。房子早已成为废墟，大开的门洞内，遗弃不用的铁皮炉子百无聊赖。旁边一间地窝子，土门敞开，里面空无一物，想必鸟雀都不光顾。

玉米地留一方种植向日葵。向日葵花盘已经割掉，留下叶子和没有头的茎秆。茎秆间逡巡一番，看见残留的花盘，葵花子饱满。忍不住要将花盘掰下带走，可是掰了一头，另有一些等着，如此一个都不想留下时，玉米地边梨树下尽是"砰砰砰"梨子落进纸盒子的声音。梨结得多，将大梨摘掉，留下小的继续生长。这些梨水分充盈，如果太阳底下做活累了，又渴，摘一枚梨下来，用手搓去尘土，咬一口，"咔嚓"一声，爽口又解渴。

这是烟柳笼罩的黄河河谷，草木都长在平地，山头光秃秃的，仿佛草木们为了某件大事汇聚河谷，而将后方不小心暴露。

午饭在主人家里。

院子里栽种了辣椒、茄子、西红柿、瓠子、萝卜、大葱、甘蓝、豆角之类。豆角茄子辣椒摘下各自炒肉，西红柿生摘下即吃，萝卜切片加油盐芫荽凉拌。檐下晒一堆向日葵，可以随手抓一把来嗑。厨房里一个铁锅煮牛肉，一个铁锅煮完玉米又炒菜，柴火是旧房子拆下的椽子望板。自来水引进厨房，墙面贴有白色瓷砖，地面同样是白色瓷砖，老式的木头柜子靠墙而立，上面有乡村花匠描绘的菊花牡丹。

真正的菊花明艳在院子里，百日菊、万寿菊还有翠菊。大丽菊还是去年的那几株，花朵丰盈，大过拳头，色泽是婉约的樱花粉。大翅膀的凤蝶飞来，花瓣间流连。月季两三朵，不多不少。一丛牵

群山奔涌

牛绕在月季枝上，婉转丰茂，幽蓝的花瓣已经卷起，仿佛一眼眼水井。瓠子的藤从菜园绕到屋顶去，又从屋顶垂下，一只花公鸡蹲在架下。

鸡群在院外活动，公鸡几只，一只老母鸡带领十一只鸡雏觅食，小鸡比乒乓球大不了多少，毛茸茸一团跟着母鸡跑。地上摊晒玉米苞叶，麻雀一群群飞来，散兵似的，人一走近，轰然远去。

坐在檐下，啃玉米，看几只麻雀在墙头嬉戏。天气忽又放晴，秋光弥漫。什么都想不起来，只觉秋日静美，尽管明白这份静美仅限于此时此刻。如果我一转念，说不定秋日忽又"瑟瑟的落叶被踩踏，茎脉嘎吱作响"（聂鲁达《再度秋日》）。然而此时此刻，在这一个尚未被人遗忘的村庄，在土地与人的连接处，在黄河远去而鸟影悠闲的此刻，一切如此适逢其时。

骆驼只是骆驼

2013年10月，在嘉峪关柔远门外的戈壁滩上，我看到两匹骆驼衣衫褴褛。那时夕阳衔山，幽暗山脊似一条墨线将戈壁和天空分割开来：天空一片锦绣，大地上遍布粗粝沙石和低矮干枯的草棵。渐次黯淡的光晕里，两匹骆驼不停地跪下，起身，起身，又跪下。游人在他们背上，裹着纱巾，傻笑。我走过去，看见骆驼前腿的膝盖上裹着厚厚的破布片，布片已被沙石磨出大洞，露出骆驼的膝盖来，毛皮也已磨掉，血珠正要从肌肤上渗出来。有人过来招呼我去骑骆驼，我摇头。我一直往骆驼身边走，我想看它的眼睛。我已经习惯看眼睛，在人群，眼睛比任何语言和行为更接近本人，而在动物身上，眼睛是它们的哀伤。戈壁上的光越来越暗，风像扫帚扫过，人们开始将冲锋衣裹紧，骆驼还在那里忙着起起落落。看不清它眼睛里藏着什么，我举起相机，只看到人和骆驼的幽深剪影。

之前的另一个夏天，在青海祁连县一座名叫卓尔的小山上，我看见另一匹骆驼，无比慵懒地卧着，反刍食物。那依旧是8月，青稞已经成熟，捆子排在地里，几只牛羊也在那里，它们低头啃着茬地上新生的野草。空气暖烘烘的，干燥中带着植物茎秆的芬芳，天蓝得如同亘古，云在山头堆成白色城堡，更高处的山尖上，积雪泛着蓝光。骆驼卧在青稞地里，仿佛一堆土黄色的积木，它身上的毛连成硬片挂下来，垂到地面。骆驼的嘴嚅动着，白沫溢出，往下滴。我看见几只蝇子旋在骆驼的眼睛上方，但是骆驼懒得连眼皮都不眨。一切那么散漫，光线不动，风没有声息，蚂蚱偶尔蹦一下，远处三四个人影，坐在地里休息，土路旁几户庄廓，青杨木的大门半开，里面闪出一两枝蜀葵。

骆驼让我想起的，是丝绸古道，沙漠浑黄，是西风，是胡杨千年不倒，当然，也有驼铃叮当。这些画面我虽未亲身经历，但熟悉，可是现在再难看到。我想这自然不是因为沙漠消失，戈壁长满青草的缘故。大地变好，或者变坏，变化始终存在。机器让一些役畜闲下来，这对它们来说，似乎并不是值得欣慰的事。

我固执地怀念它们的从前，这与尼采的变形完全无关，骆驼只是骆驼。

重阳

海上一起台风，高原便阴雨连绵。重阳前一天，天气预报反复强调，说近日中雨或雨夹雪，路面会结冰，注意出行。天气预报不能不理，理了又不能出门，于是干脆不管，依旧出门。路过拉脊山，山体云雾弥漫，能见度不足三四米。雾中穿行，一切缥缈虚无，仿佛海上仙山。偶尔见到近旁一两株树木，树叶金黄橙红，色彩浓丽，株株惊心。

雨没来，我们钻进果园采摘。苹果有富士、元帅，梨分苹果梨、冬果梨、长把梨。见到一株海棠，小果子密缀，果皮略呈姜黄。摘一枚吃，果肉沙质，甜中带涩，少水分，有点像沙枣。这样的果子第一次见，手机软件识别说是楸子。楸子熟悉，不过常见的都作红色，于是树下盘桓片刻。果园大，苹果和梨掉下来，散落一地，无人理会。看着可惜，恨不得一一捡起带走，主人说赶来羊群即可吃尽，于是心宽。

重阳日，凌晨时分登山。拉脊山垭口海拔3800多米，不算高，但气候多变，往往是山下晴空丽日，垭口风雪交加。山路渐高，气温渐低，风增大，俄而旋起雪花。看扑向车窗的雪花，戴眼镜和不戴眼镜时竟不一样。不戴眼镜，视力模糊，觉得雪花的速度降低，雪花旋舞，纷纷扬扬，世界迷乱蛊惑，颇为动人。戴上眼镜，看到雪花扑来的路径清晰，仿佛万箭从一个大的洞口射出，寒光闪烁；又似柄柄长矛投来，"嗖嗖"尽是凛冽之风；忽又卷成团团白雾，包裹妖邪万千，獠牙尽露。第一次察觉雪花竟使人恐惧，这恐惧大约与晚饭时分的谈话有关。此前喝茶闲聊，讲到鬼故事。鬼故事大同小异，骇人的都是细节。努力使自己明白吓人的不过是自己的想象，但愈要摒弃想象，愈觉雪花包藏孤魂野鬼四处乱撞。

愈近垭口，雪下得愈大。下车走几步，气温低得逼人。灯光下，路面惨白，开始结冰，不能行。除去车灯四围的疯狂雪花，世界一片漆黑，拉脊山在黑暗中沉默。有拉货的大车自高处驶来，几乎挪移，养路工人开始在路面撒盐。竭力呼吸几口寒冷之气，望一望看不见的群山，犹豫之后，掉转车头下山。

记得去年重阳，同样时刻，同样地点。那晚天气虽好，月光却不明，云层下，勉强看见群山的黑色剪影。拉脊山在黑暗中壮大许多，弓起的脊背几乎要抵到中天，仿佛它们在夜晚疯狂生长。有人在黑暗中说话，声音细细小小，与山的轮廓相比，几如游丝。月亮已经半个。半个月亮应该是月亮这一生中最为难堪的时候，仿佛打开一扇门，进也不是，退也不是。站在黑暗中用手机拍月亮，勉强拍出一张比较清晰的照片，看到半个月亮里藏一张孩童的脸：他俯瞰大地，两只眼窝深陷，嘴巴抿成一块白斑，鼻尖翘起，仿佛匹诺曹。

如果月亮说谎，该怎么办？

重阳登高，断断续续好几年，其实早没什么要向天地祈求的东西了。年轻时曾经有过的愿望，后来竟然遗忘，就是说，那些愿望并不迫切，实现不实现无关紧要。如果还有什么可以作为登高的理由，那无非是，一遍又一遍地，看看群山的模样。

深秋的最后几天

　　辛丑深秋的最后几天，因为疫情，街上异乎寻常地安静。出小区南门，是一条东西走向的小道，少有行人。左拐，通往商业街和主街道；右拐，可以去登山。小道两旁栽有国槐。树不苍老，甚至没到壮年，树冠也不如盖，但夏季的花照样开。花开时，花蜜滴到树下，不小心踩上去，粘得鞋子都要离脚而去。夜晚，昏黄的路灯亮起，颇有月上柳梢头的韵致。虽然接近立冬，一半槐树的叶子还是绿的。然而即便是绿叶，也到了离开树木的时候，它们便三三两两地飘下来。保洁人员似乎不忍心将它们扫走，这样，一条小道便铺满了绿色的落叶。

　　我出门时，通常是午后4点左右，天空明净，阳光洒下来，暖融融的。没有他人，脚踩在落叶上，窸窸窣窣的声音格外清脆。叶子们也落在路边停着的汽车上，厚厚一层，不知车主去了哪里。有一株槐树旁长出一丛蜀葵，茎叶枯萎，干花还留在枝上，大约是保洁人员，找来白色塑料细绳，将蜀葵固定在树干上，这样，蜀葵就没办法东倒西歪了。前几天，我看到有人将街道两旁八宝景天干枯的茎叶悉数割去，还好，这条小道上的八宝景天依旧留在原地，枯枝败叶，一幅萧瑟荒寒图。

　　小道尽头，一小片杂木林，多海棠。正是海棠果、山荆子果和忍冬果悬挂枝梢，诱人眼目的时候，这几种树的叶子懂得及时撤离，只留下玲珑的小红果在枝头。站在海棠树下，仰头，以蓝天为背景看小红果。海棠果们个个安静，不说笑，胭脂虫色的果皮绷出亮光，青春美好。很奇怪，这么多果子，不见鸹鸟来食，只有一群

　　　　　　　　　　　　　　群山奔涌

麻雀蹲在云杉枝上嬉闹。麻雀们明白生命的真谛，时时都在欢乐。

一位老人坐在离杂木林不远的阳光里，专心在手机上看视频。声音外放，我经过时，听到女声在朗诵，一段文字，大意是你的善良需要一点锋芒。哪里见过这句话，想不起来。老人们积攒了一辈子经验，善良需不需要锋芒自然明白。人老了，应该是不屑于听这些的，他们按着自己的方式将人间的路走了许多，以至于，有时候已经将自己走固执了，已经不需要别人再来指教。这样想着，不由将老人多看了一眼，阳光很温顺地披在老人身上。

阳光也在我身上。

阳光不仅披到现在的我身上，也曾在过去的我身上。

这个深秋的最后几天，就这样在小道上来回走着晒太阳的时候，回忆起来的，这半生令人愉快的事情，几乎都与阳光有关：夏日午后，沿着发白的石子路回家，路旁是绿叶婆娑的杨树，阳光静谧地照着四周，远处河水哗哗；7月，站在小镇街头与同学话别，丁香花正在怒放，中午的阳光使得整条街都亮闪闪如镜面晃动；和同事坐在宿舍门前的小凳子上聊天，话题琐碎而轻松，向晚的阳光斜照，同事的黑发泛出一层深褐；暑假，带女儿去看寺庙，走在乡下村道，身边是一座水库，初秋的水面浮光跃金……

很多看上去重大或者重要的事情，或者当时觉得还算满意的事情，回忆起来，竟然都如冷凝的薄冰，它们只以一件事情的样子存在，如果将它们从记忆中抹掉，记忆也不会缺损什么。而让人的回忆有温度有色彩的，摇曳生姿的，都是一些不足以挂齿的片断，它们只与四时物候有关，与风雨雷电，或者阳光有关。

以游世俗

傍晚穿过小区院子时，听见一群麻雀在花园里吵得热闹。麻雀们一到冬天就喜欢闹，使劲闹，天翻地覆地闹。止住脚，听麻雀们到底在嚷嚷什么。你方唱罢我登场的杂乱之外，是一点点对现实的认同，一种喝着小酒哼着小曲的安稳。听一会儿，居然有些触动：它们太容易知足了，一丝奢求都没有，一箪食一瓢饮就乐哉乐哉忘乎所以。干脆坐在旁边的秋千架上，多听一会儿，算是接受再教育。

初冬的花园，木叶落尽，枝杪数笔，尚未枯皱的小红果分别是山荆子、海棠和忍冬。香荚蒾本来可以零零星星开第二茬花，但前几天的寒潮将花苞全部冻伤。仔细去看，麻雀们原来不是一群，而是两群，分别蹲在两株暴马丁香树上，仿佛累累的褐色果实。另外几只藏在一株云杉里，云杉的枝子里还有一对山噪鹛。山噪鹛恩爱，不出声，只是互相蹭脖颈。麻雀们虽然分了群，吵闹声却混在一起，仿佛一个合唱团。肯定有指挥，只是我没听出来。我正在努力判断合唱的节奏和高低时，麻雀们忽然静下来，没有一丝余音，屏息以待地静，空气都似乎停止了流动。原来头顶有一只陌生的鸟飞过去。那只鸟还没飞过楼群，麻雀们接着吵起来，先是哄堂大笑，继而七嘴八舌，仿佛数 10 个史湘云"叽叽咕咕"商量着烤鹿肉吃。

一个索寞的初冬傍晚，如此让麻雀们吵得多了些欢乐。

我拿着刚从菜鸟驿站取回的包裹，一个银朱红的纸袋子，里面是一条普鲁士蓝的羊绒围巾。很少喜欢红色物品，但这个纸袋子莫名地给人以愉悦。或许是这个冬季天空的色调已经不再明丽，或许是，一波疫情刚刚过去，管控的街道已经解封，人们重又走上街头，活力恢复，热气腾腾。

刚才在街头也多站了一会儿。夕阳里，行色匆忙的人们戴着口罩，裹着臃肿的羽绒服，当他们经过商场，目光会被几个打篮球的男孩吸引过去。那是商场门口的简易篮球场，不大，一副篮球架子孤单地立在地面。男孩们穿着薄的卫衣，奔跑跳跃，活力充沛，没有一点低温天气下的瑟缩。已是下班高峰期，市声如潮，男孩们的笑声穿透汽车的噪声进入我的耳膜，分贝不高，却明亮，仿佛街道另一边那株槐树曾经的黄叶。

那株槐树多次引人驻足。尤其深秋时分，叶子黄透，片片金光迷蒙。槐树的树冠呈穹庐形，两层楼高，枝杈繁茂。去商场，很远的地方就能看见，那一树黄仿佛一座灯塔，指引人靠近。绕到树下，仰头，从树叶中间看天空。天总是蓝，蓝得纯粹简单，叶子又黄得嘹亮。蓝与黄互相陪衬，秋天格外静谧安详。

疫情一波波来，又一波波退去。疫情中的人们，仿佛被潮水冲上沙滩的小鱼小蟹。只有麻雀们不知恶疫为何物，它们始终热闹，始终以游世俗。

恶疫害怕孤单，总是与死神结伴，但不能说它们狼狈为奸。这是一个诅咒已失去市场的时代，但是唾弃依旧会淹没一个偶尔出错的人。恶疫不会出错，死神同样，它们只是不讲情面，霸道，说一不二。以恶制恶偏于简单，良善也无法将其感化。也许只有剖析，剥洋葱那样，一层一层，只将自己剥得涕泪横流，才能避邪远害，享得一丝安宁。

冬日

临近冬至的夜晚，读普希金的诗《冬天的夜晚》：

风暴吹卷起带雪的旋风，

像烟雾一样遮蔽了天空；

它一会儿像野兽在怒吼，

一会儿又像婴孩在悲伤，

它一会儿突然刮过年久失修的屋顶，

把稻草吹得沙沙作响，

一会儿又像个迟归的旅客，

在敲着我们的门窗。

我们的那所破旧的小茅屋，

又黑暗，又凄凉。

我的老妈妈，你为什么

沉默无语地靠在窗旁？

你，我的朋友，

是风暴的呼啸声使得你困倦？

还是你自己的纺锤的喧响声，

把你催进了梦乡？

我们来同干一杯吧，

我不幸的青春时代的好友，

群山奔涌

让我们借酒来浇愁；酒杯在哪儿？

这样欢乐马上就会涌向心头。

唱支歌儿给我听吧，山雀

怎样宁静地住在海那边；

唱支歌儿给我听吧，少女

怎样清晨到井边去汲水。

风暴吹卷起带雪的旋风，

像烟雾遮蔽了天空；

它一会儿像野兽在怒吼，

一会儿又像婴孩在悲伤。

我们来同干一杯吧，

我不幸的青春时代的好友，

让我们借酒来浇愁；酒杯在哪儿？

这样欢乐马上就会涌向心头。

　　辛丑这一年的冬天始终不见雪，冷，干燥，烧暖气的屋子里尤其干燥。加湿器镇日喷，不小心忘记加水，干燥度"嗖嗖"往上跳。鼻腔充血，结痂，半夜醒来，吸气时，空气凝固了似的往鼻孔里戳。这样干燥的夜晚，读"风暴吹卷起带雪的旋风，/像烟雾一样遮蔽了天空"，顿时舒服许多，仿佛窗外确实起了风暴，北风呼啸，雪片飞旋，天地迷蒙，夜行的人冷得弓起腰，露在帽子外的耳朵冻得刀割一样疼。

　　30多年前的冬天比现在还冷，尤其清晨。农历十一月，庄稼打碾的那几天，大约 5 点我就会起床。母亲去场上忙，我在厨房准备早饭。所谓早饭，就是将一大锅土豆煮熟。土豆在夜晚已经洗好，倒进锅里，早晨起来加水点柴火慢慢煮。煮到一定时候，土豆焖到锅里，我出门去替换母亲。天气总是晴好，星月轮换着挂在头顶。开院门时，不是人将门扇打开，而是一股冷气乘势将门推开。大门朝东，对面一座山高耸。曙色刚明，群山罩着青灰色烟岚，树木、矮墙和草垛影影绰绰。夜晚还没完全清醒，孤鸦未啼，流水在冰下失去声息。没有风，冷气从四面八方涌来。那是磅礴的，千军万马一般地冷，它横扫一切，事物因此瑟缩，反应都迟缓起来，仿佛冷水里的大鳄。

在那样的冬天清晨，我走出院门，走过一小段村路，到打碾场上。青稞捆子已经摊开，脚踩上去，青稞茎秆发出断裂的脆响，植物干燥的气息混同浮尘扬起。一个孩子学着做大人的活，需要很努力地使出浑身劲道。天色怎样一点点明亮，群山怎样露出荒寒，墙角的积雪怎么转白，喜鹊怎样出去觅食，屋顶上的青烟怎样散去，都不曾注意，只有沉默不语的冷如影随形。

如果夜晚大雪，早晨白茫茫一片，起床的第一件事是扫雪。先将屋顶的雪扫到院子里，再将院内的雪堆起来，用背篓一次次背到门外巷道。每一户都如此，巷道内的雪因此堆积成小山。天冷，雪化不掉，罩上灰尘，脏兮兮地，一直到天气回暖，才化成泥水，流出村外。扫雪的时候，天总是很蓝，所谓雪霁，空气中没有一丝灰尘。太阳出来，耀眼的积雪上晶体闪闪发亮。雪再厚，也是疏松的，竹枝的扫帚尖划过，碎雪溅起，落满裤脚鞋面。落了雪之后的冷空气仿佛从事物内部挤出，是孤寂的、冷漠的，又是高傲的，太

群山奔涌

阳的彻照都改变不了它什么。

那些冬天的夜晚是什么样子，几乎忘记，但从来没起过风暴。夜晚总是很早到来，四面群山布幔那样将村庄围住。没有电，村庄黑魆魆似一口古井，只有天空繁星发出点点寒光。整个夜晚都敛声屏气，架上的鸡，窝里的狗，山林里的野兔……都在静默，唯恐一开口声音就被冻住，成为棒冰，硬生生挂着。那样的年纪，我没有可想的事，油灯一灭，人就熟睡。如果下雪，在屋内也听不见任何声音，只有早晨起来，开门见到五寸厚的积雪将庭院覆盖，才会暗自惊讶一下：雪花们悄无声息地到来，似有所企图，末了，却只是烟一般消散。

多年后，才牵强附会地想，一个人的青春，只不过像一场夜晚的雪。

暗八仙

夕阳照在屋檐和木头板壁上，明亮耀眼的金黄色彩让人想到马的脊背。我在梦中见到金鬃马毛色鲜亮，光滑如瀑，马一扬蹄就是一阵金色波浪涌动。太阳也是一匹大马吧，当它在天空颠儿颠儿地驰骋，它金色的鬃毛一波一波漾到人间。板壁上用红漆写着一些字，油漆剥落，板壁也已残旧。"不周山下红旗乱"字迹不清楚，我只识别出这一句。

屋檐上搭着梯子，一只黑猫抱着梯子往上爬。猫爬墙攀树才对。猫爬墙攀树时为何总是急匆匆，仿佛尾巴着了火。黑猫抱着梯子往上爬，也是急匆匆。到了房顶还扭身回看，回眸一笑百媚生。猫的圆眼睛显得俏皮，看不出笑意。

我顺着梯子爬到房顶。有人说，青海好，青海的房顶能赛跑，青海的大姑娘不洗澡。不洗澡也不对，是不经常洗澡。这大约是因为气候原因吧，天总是冷，又干旱，人都懒得往水中泡。土木结构的房顶确实大而平整，晒燕麦晒青稞滚碾子绰绰有余，小孩子在房顶踢毽子也是常事。这也是气候的缘故，降水少，屋顶自然不用倾斜。

夕阳在近处濡染，也在远处胡涂乱抹。东边原本青色的山坡，嵯峨岩石，山下灌木丛，现在都浮动一层金光，仿佛有数以万计的金盏菊在盛开，又有万千蜂蝶展着翅膀嘤嗡。然而这只是冬天的某个黄昏，流水正在冰下幽咽。

父亲坐在院子里，弯着腰，给人家的壁橱画图案。柳木的壁橱表面粗糙，父亲用擦皮反复擦，用调好的灰泥磨平褶皱和疤痕，上一层浅黄色骨胶，使之光洁平整，用黑漆做底，在上作画。现在父亲正在画一把宝剑，剑柄上彩带飞扬。我知道这是暗八仙。壁橱上的主要图案是四只宝瓶，瓶颈彩帛飘垂，瓶体端庄，瓶中插着艳丽的牡丹石榴、芙蕖菊花。绿叶配红花，老手法，花朵上彩蝶翩跹。宝瓶下，一些博古，一些暗八仙图案：韩湘子的洞箫，"紫箫吹度千波静"，何仙姑的荷花，"手执荷花不染尘"。万物滋生，修身养性……美的寓意。父亲画得仔细，一只手夹两支毛笔，大号毛笔蘸着颜料晕染，小号毛笔给叶子收阴阳，蘸金银粉给花瓣收边。

父亲这样弓着身子，画过许多图案：王羲之爱鹅，赵彦求寿，李白骑鲤，五福拜寿。云纹、海水、凤凰、麒麟、梅兰竹菊、八骏。我坐在房顶看父亲，暗八仙便成了画中画。

猫捕鼠

《旧唐书》载：高宗宠武氏，废王皇后及萧良娣，萧骂曰："阿武狐媚，倾覆至此，愿得一日吾为猫，阿武为鼠，扼其喉以报今日！"武后闻之，不悦，约六宫不许蓄猫。萧妃此话，在《鹤林玉露》中改口为："愿武为鼠，吾为猫，生生世世扼其喉！"比起前者，萧妃的不共戴天之仇与愤恨越深。说，猫为天子妃，源于此。《鹤林玉露》又有一诗："陋室偏遭黠鼠欺，狸奴虽小策勋奇，扼喉莫诧无遗力，应记当年骨醉时。"骨醉是指当年武后断王皇后及萧妃手足，置于酒瓮中，曰："使此二婢骨醉。"

猫捕鼠的事情，我已经不再陌生。猫晚间出去，清晨披着灰白天光归来的方式会不一样。猫如果悄无声息地回来，乘主人未醒，钻进被窝，或者蜷在松软的毯子上，仿佛深睡未曾醒转，一般是夜间毫无收获，空手而返，肚子或许饿着，但也不敢贸然叫唤，很有些理亏不好意思的样子。猫如果得胜，逮到一两只老鼠，总会大张旗鼓地回来：嘴巴衔着老鼠，也不急于吞咽，人在哪里，就找到哪里，并用鼻腔发出些大的声息。有时当着主人面，嬉戏老鼠：放开，等待老鼠摇摆着逃窜，老鼠的步子总是小，逃几步也还在猫爪子范围内，这嬉戏像极了孙悟空在如来手掌内翻筋斗。如果衔来的老鼠已死，猫也会将它搁在地面上，用爪子来回拨弄，直到意兴阑珊。也有一些世事已经看淡的猫，清晨衔着老鼠回来，找个安静角落，"嘎嘣嘎嘣"地嚼，独自进餐，一派老年意象。

科学家研究猫梦，发现它的梦依旧是猫族们饮食男女那一套，这让人失望。猫最懂得优雅，这胜过惯常女子，它的肢体动作少而又少，力度常常在一朵花承受清风之上，独来独往，孤绝之外，大眼睛还藏些不解与无辜。如此，我总以为猫的梦如果不超凡脱俗，起码也要文艺一些，或者，魏晋一些也有可能，没想到它们还是坠落世间，做着捕鼠为生的行当。

我养过的一只虎斑小猫，瘦弱，总是营养不良百病易侵的模样，生小猫倒是一年一窝。是极慈爱负责任的母亲，小猫眼睛未睁行动不便时，整日守在窝旁，风吹草动都格外警醒，待到小猫可以行走攀爬，便带领它们熟悉周边环境，花园、果树、房间、台阶与甬道。吃饭也总是等小猫吃完，才去胡乱吞咽一些。有一次，它逮回一只小老鼠，放在地上，兴奋地大声"喵呜"，招呼小猫去吃，自己则蹲在一边啃食盘里干硬的馒头块。

我以前看《猫和老鼠》，曾经感慨：猫和老鼠才是朋友，因为它们是彼此的精神动力。现在想来，瞎扯。在猫眼里，老鼠不过是美味的食物而已。

冬日的黄昏来得总是匆促，下班才要往家走，西天的紫色光晕已被暗灰取代，淡烟浮起，远山也只剩下黑的朦胧剪影。转换的事情如此不经意，仿佛从没有转换发生。近处，冷风似晨间白霜，并未散去，枯瘦的青杨枝条、屋顶、衰草，甚至掠过的一些鸟影，都裹着寒意。我塞着耳机慢悠悠地走，并不着急，勃拉姆斯的《第一弦乐六重奏》如同天际暗云，有着不知何处涌动的茫然。果真如此，冬天便是一个大撤退之后的荒原，烽烟已尽，走不掉的，都带些仓皇模样。这样走着，扭头便看见路旁绿化带的荒草中，一只白色流浪猫躺在那里，微蜷躯体。它已死去，但它的样子仿佛正在熟睡，小脑袋抵着胸部。它的毛色并没有被这个冬天的尘土污染，显得蓬松柔软，它的耳尖依旧挑着俏皮。我看着它，站一会儿，转身继续自己的路。汽车在身旁疾驰而过，行人看不清容貌，大小提琴的声音中，我想起的，却是前几天的一个梦：黑暗弥漫，不知是白昼还是夜晚，我挑一盏灯笼行进，除去灯笼，四周一切都被黑暗笼罩，而那昏黄光晕，也只是小而又小的一团，我期望能遇见什么，停顿一下，或者结伴而行，然而除了远处同样行进的几盏昏黄灯笼之外，依旧是黑暗，我静悄悄地行进，一句话却兀自冒出（或许是醒来时想到的一句话）：我们行进的路线，彼此都是如此平行。

一枝花

晨间，一场大雪突至，天地瞬间迷蒙。站在窗前，看远山和近处楼宇，其实远山已和天空融为一体，楼宇也只剩一些方形的灰白轮廓。雪花如同春天的雾气，并非从天空降临，而是，从大地升起。它迅速生长，肆意蔓延，最终将大地上的细微和庞大遮掩。

有雪有雨的时刻，总是让人感觉安全。这并非否定太阳的温暖，以及，月华清辉。太阳底下，人们各自匆忙，月光之中，人们又多异梦同床。看似充实热闹，然而浑然之中，个人界限分明。世界寥廓，万物丛生却又各自为营，唯有雪，唯有风雨一场接一场，唯有雾，唯有一种来自自然的迷蒙，才会将个人连接，成为无是无非的一个整体。在那里，人们共同迷茫，共同忧伤，便是偶尔埋怨，也带着殊途同归的一致。所谓风雨同舟，我更喜欢文字表面的意思，因为简便，因为容易做到。

在这之前，是一场春天的雨。雨即便细小如同光纤，如同发丝掠过面颊，也要发出声响。大约凡是耐不住寂寞的事物，都喜欢弄出些声响，譬如风雨雷电，譬如鸟虫走兽。这些自然的声响，若能翻译出来，说不定亦有寂寞此生谁与共的叹惋。至于雨之前，这是这一天的开始不久，是一阵唢呐吹奏。

民间的曲调，总是情绪质朴外露，结构单一，气氛烘托，全借助往复回环。很多时候，人们甚至并不追究这曲调的名称，以及由什么乐器演奏，单知道它该在何时该如何响起。唢呐声自远处传来，起初只是凭空一声呜咽，我以为有人在未明的天色中哀痛伤绝，但在后来，这声音开始丝丝缕缕。它时而哽咽如同冰下之泉，带一些青灰的幽冥冷气，时而凝滞干枯，疑似气绝。我在帘内，误以为它会越来越近，直至窗棂，并且让灰白的纱帘拂动。然而它又渐渐离去，断续绵延，仿佛一场晚秋细雨淅淅沥沥。

有人正在离开这个世界远去，再无回归路。这样的远去，有时候是凛然决然，有时候是迫不得已。

每当有人去世，就会有唢呐响起，这是家乡的习俗。电影中，我看见喜事出现，总有唢呐高分贝响起，或者几支热闹明快的曲子，或者一些诙谐风趣的打情骂俏。想来在那些地方，唢呐只与喜庆有关，它接近民众，并演奏他们的欢乐。我所熟悉的唢呐，却来自一场又一场丧礼，那依旧是来自民众的丧礼，穿戴孝服，大声哭泣，种种礼仪，尽显传承与民间智慧。丧礼之中，唢呐会贯穿始终，它几乎是整个丧礼的指挥者与组织者：何时开始某个环节，何时某人离开……自然它会因为丧礼的不同环节，而吹奏出不同旋律的曲子。

这些丧礼中，唢呐在竭尽所能地渲染悲伤气氛，有时会有大段哭腔出现，特别是起灵时候。但有时候，如果请来的唢呐艺人不止一个，人们会在丧礼中提出额外要求：来一段唢呐演奏比赛。于是会有令人兴奋，并且快乐的事情出现，尽管这是丧事。人们簇拥一起，演奏唢呐的人会暂时放下悲伤的曲调，来几段人们熟知或者陌生的曲子，孩子们笑起来，在院子中央跑动，领魂幡被风吹动，发出啪啪声响也无人关注……真正的悲伤者，除去亡者亲属，并无他人，这使一场丧礼充满复杂情绪，因为总有人在群体中谋划个人私事。即便是亡者亲属，也不一定自始至终沉浸到悲伤之中，死亡毕竟是见惯的事情。

作为乐器，我并不了解唢呐，尽管它一直在诉说天下兴亡。《百鸟朝凤》听过几次，鸟的天堂，热闹中带些鼓噪，听几遍，再不想听到。那是一个群体的欢乐，赞颂海晏河清。群体的欢乐似乎总是少，因为个体总在烦忧。《一枝花》也听过，来自民间曲调，一开始就哭。哭总归有好的一面，因为它来自个体。但《一枝花》妙就妙在，哭完之后接着欢乐。它的那份欢乐，甚至让人想到席勒的诗句：

> 欢乐女神圣洁美丽
> 灿烂光芒照大地！
> 我们心中充满热情
> 来到你的神殿里！
> 你的力量能使人们
> 消除一切分歧，
> 在你的光辉照耀下
> 四海之内皆兄弟。

听得久了，依稀明白《一枝花》的寓意似乎就是：死亡原本是个体的事情，你前我后，从不相约同往，但死亡需要人人参与，不得逃离，不得原地滞留，不得延期，这样愿意不愿意地前赴后继，无以中断，死亡又成了群体的事情。这何尝不像一场丧礼。

雪花也有它的用意

　　村后的山崖上长着一棵老去的柏树，它将根吸附到干裂的岩石缝中去，又将身子贴着山崖生长。崖的上体是慢慢后仰的，柏树也将身子斜了过去。有人说，那棵老柏树的方向就是风的方向。我知道风从来没有固定的方向，它将固定的方向给了村庄。我家门口长着一棵青杨，几十年了，它并没有长高，只将头顶的枝条四散开来，仿佛风是从顶上灌下来。我于是想着人在风里走过，感觉着风是迎面而来，其实不这样，风也许是从人的头顶往下灌，于是人像我家门口的那棵青杨，越走越矮了。

　　雪一直下。雪跟雨不一样，雨在落下之前就造起了声势，但雪静悄悄的。有一阵，我站在院子里看一朵雪花，我从房檐的那个高度认清了它。房檐以上的空间，雪花是弥漫的，白色的云雾一般，根本没有数量的概念。那朵雪花从房顶上斜过来，擦过房檐上一枝枯去的翠菊，飘下一尺来高，然后又回旋到房檐的枯草上去，仿佛荡秋千。在枯草上，它并没有逗留，尽管已经有一些雪花落在那里，它在那里打几个旋儿，又沿着旧路飘下来，这次落得要长一些，慢悠悠地，仿佛一位老人在颤巍巍地走他最后的路。我伸出手，但是它又逃逸了。它向着院子里的柏树滑过去，像一顶小小的降落伞那样停驻枝头。我想着这就是它的路程了，我不知道它的路程有多长，但看见了它的末路。柏树里是藏着麻雀的，我想着要扭身回去的时候，麻雀"叽喳"了一声，树枝颤动，那枚雪花被弹起来。一枚雪花在空中划过的弧线并不分明，也不圆润，它歪歪扭扭地，拐一个角，轻飘飘地，落下来。

　　　　　　　　　　　　　　　　　　　　　群山奔涌

我看到的雪花没有力量，也没有一种奔赴大地的决心，只是散漫，一味地飘来荡去。在纷飞的大雪之中，整个村子甚至都失去了它们原有的坚硬，再没有什么东西是沉甸甸的，仿佛吹一口气，那些树木就会在雪花中飞舞着飘起来，那些屋顶则会像一些用旧的布匹，鼓荡起来，而那些凝固的墙体、青石会像一丛丛茅草左右摇摆。也没有什么事情搁在人们的心里，雪像一些高低参差的栅栏，圈起时间。在这旋转的时间内，活计是可以搁置的，话语也可以搁置，人们可以靠近火，靠近这贴近人心的事物。

　　又一个早晨在雪花中悄悄来到，尽管没有一丝风可以将天空的彤云吹开，也没有一种声音可以穿透雪花，但我知道，在雪花之外，在四周连绵的祁连山中，在粗粝的旷野上，在云杉和白桦林中，该苏醒的都已苏醒，该酣睡的，依旧像夜晚一样酣睡。旱獭、月熊、红嘴山鸦、秃鹫和雀鹰，还有那些嵯峨险峻的青色岩体，那些流水。打开院门的时候，猛然看见家门口的那棵青杨像一个人失去了他的半边身子。它那样一分为二地从中间被劈开，露出白而细腻的肌体。这棵青杨一直随意生长，对于一棵不会成材的树，没有人会给予它希望，没有了希望，便也没有了外在的束缚和力争上游的煎熬，它最终长成一棵淳朴憨实的树，挂云挂雾，也挂鸟窝。几年前有只乌鸦将巢筑在枝杈上，我们听着乌鸦早晚呱呱，就有些烦，主要是烦乌鸦的叫声难听。后来又有只喜鹊将巢筑起来，这是只喜欢热闹的喜鹊，成天喳喳。我们无所谓，想着反正喜鹊在枝是件喜事，家里的猫咪不这样认为，总是冷不丁地爬到树上去逮喜鹊。对猫来说，逮耗子是件小事情，逮喜鹊实在是件尴尬的事，我们常常避而不见。喜鹊来了之后，乌鸦扔下巢一去不返。

这个早晨，我看到喜鹊巢和一半的枝杈都横斜在雪地上，雪已经覆盖上去。喜鹊去了哪里，谁都不知道。下雪的时候，雪花的轻盈让我忽略掉了它整个的重量，现在不一样。雪花终于将一棵几十年的青杨压折，而在远处，雪使白桦弯下身子，像一截失去骨气的腰肢。我站在那里，看着白桦和青杨，终于明白雪花也有它的用意。

群山奔涌

梦见一座小镇

太阳亮白，它的光没有暖意，也没有劲道和力度，仿佛挂在天幕上的一面圆镜。天在它身后，平整均匀，不见褶皱，也不见丝丝云影。远处曲线朦胧的群山正笼罩烟岚，近处，镜子射出的光贴在水泥地坪上，贴在低矮楼层的青色瓷砖上，贴在汽车的挡风玻璃上，也贴在店铺烫金的楹联上。而在地面，光线一寸一寸拉长，最终淹没每一种缄默事物：街边树木，电线，去年的红灯笼，坐落在十字路口的明代鼓楼，广场上铁拐李的黑色雕像，争优创先的标语……疾步穿过小镇，我看见无数小太阳从我眼前冒出，仿佛春天泥土里探出头来的白色虫子，蠕动着肥胖身躯，晃人的眼。四街里熙来攘往的影像，如同薄暮时分横生的植物林棵。眯眼，我以为是夏日正午挪了脚破空而来，却没有植物烘烤的热烈气息，也没有夏日固有的充盈水分。

细嗅，阳光里全是燥烈的冬日味道。浮土、沥青、玻璃、塑料制品、食物、酒气……这些气息从小镇的肌体散发出来，纠结、缠绕，既不朝四野扩散，又不向天空蒸腾，它们只在原地打转。这是独属于小镇的冬天气息，廉价的时髦商品混同精美手工制品，以及简单向往。小镇蹲在阳光里，安静而沧桑。

在这丢失芳香的阳光下，我反复穿越其中一条小路。我用这座小镇的主人身份出入，这使我的神情淡定，目标专一。我已经在这条小路上走了几十年，我的脚底如果长出根须，它们一定已经毛细血管般深深扎进土壤深处，扯一扯，会有微痛。

我走进一家小饭馆，阳光也跟进来，歪坐在对面凳子上，并将腿脚伸到青杨木方桌上。它恣肆的脚片带些放浪，在油漆斑驳的桌面上踩出裂缝、浮尘、油污、水渍和疤痕。老板搓着大手，无所事事地坐在玻璃橱柜边。他面前摆放大盆刚刚出锅的卤肉，浇了糖浆的肥厚猪皮红里泛黄，八角、花椒、草果、姜片和老汤的味道持久。临桌坐着来镇里采购年货的村民，他们大口喝茶。他们的嘴唇干裂，起皮，结着硬痂，硬痂下是渗出的细密血珠。我听见他们断断续续说话：坏气候带来的病菌，无止境的干旱，对雪的期盼。

在那一刻，我似乎也有那样一份期盼：希望科学家能研究出一种语言，它能沟通人类和自然，能将自然的意识传达给我们，使我们彼此相知。可是不能。在卤肉店里，我看见走过街道的女人，她们戴着白纱布口罩，口罩上凸现鼻孔和嘴唇的黑色印迹，那是灰尘在纱布上一圈圈晕染后开出的黑色花朵……

一个极具现实主义的梦，仿佛多年前某个冬日小镇的一天。

回忆夯歌

清明过后，土层内的冰冻逐渐消解，土壤开始蓬松，虽然"老和尚"之类虫子还未拱土而出，但它们蠢蠢欲动之气已随河谷之风流动。一年的许多事情将要随着春风掀开序幕，春种、建房、牛羊配种、移栽苗木……

新房址早已选好。它的东面青山高大巍峨，溪水自山间流下，南面山坡草木旺盛如屏风绵延，山前河水激越喧哗，北面仍旧群山逶迤。这虽不具备"东边之山如双扇大门敞开，山为白山，路为白路，下有河水淌过，则为白虎标志，绝好；房子南面之山不可过高，若如粮围一样堆叠，下有河水流过，河为青龙，守南方，绝好；北边山脉若像帘幕没有断开，高些为好，这个方位若有白石，代表白龟，绝好"，但风水先生说这方位也算吉利。房屋很快盖起，这是高原的普通民居，简陋的土木结构，屋顶平整，稍稍倾斜，便于晒青稞或者草料，也不至于使雨水沉积。

院墙是古老的大板夯筑。夯筑工具原始简单，就地取材。牛毛绳、青杨模板、木杆、石杵，具备黏性的泥土。对孩子们来说，夯筑院墙的日子等于节日。清晨醒来，听见苍古的夯歌传进院子，大多时候听不清唱词是什么。那些清晨，青杨叶总是沙沙作响，山前流水的喧哗格外清越，布谷鸟偶尔在遥远的枝杪间啼叫。夯歌节奏缓慢，男声领唱之后的合唱中有幽幽怅惘：

一个（家）尕老汉（么哟哟），

七十七（呀么哟哟）。

再加上四岁（呀子青），

八十一（呀么哟哟）。

更多时候，夯歌并没有歌词，只借助几个简单的语气词衔接悠长的节奏：

哼哪—噻呀—吭啊儿里—吭呀，哼呐—儿里—哼—

如果夯歌暂时停下，孩子们便会跑去与大人分享午饭。炸得焦黄松软的油饼堆放在院子中央的铝皮大盆内，任人取食。黑铁大锅里是由萝卜、粉条、凉粉、大块油炸土豆片和肥厚肉块煮成的熬饭。红灯笼图案的搪瓷大碗，男人们将油饼撕碎，泡在碗里，一口气可以吃三四碗。女人召唤自家孩子。主人殷勤招待，并盛一碗让孩子端给村里老人吃。有人吃完饭，放下碗，卷一支黄烟，蹲在阳光下吸食。

新筑的墙毫无意趣，我更喜欢老墙。风雨侵袭的墙面斑驳，墙面木板印痕处长满墨绿苔藓，蜗牛和蚂蚁出没，野罂粟经常爬到墙上去，于清晨突然开出几朵明黄的花。墙土内常有蜜蜂筑巢，寂静夏日看它们出出进进忙碌是件有趣的事。墙顶常常长出茅草，风雨之时飘零摇曳，一派凄清。若是墙体垮塌，还可以骑上去，眺望并不遥远的前方。

几十年过去，夯歌的旋律我依然记得。

群山奔涌

回忆社火

正月的夜晚来得过早，鸦群还没来得及回归，浓重夜色已夹杂炊烟如同幕布那样笼罩了村庄。腊月碾场攒下的青稞茎秆尚未烧完，此刻从人家屋檐飘出的炊烟带些灰蓝，并且挟裹柴火的气息，这不同于木柴产生的白烟。母亲早钻进厨房，因为晚间即将开始的社火表演，这顿晚饭显得格外重要。

平时的晚饭敷衍潦草，饭后再无其他活动，这使人们失去再次调动精神的愿望。像以往那样，我仍旧坐在灶前"啪嗒啪嗒"拉着风箱，此刻它的声音不再沉闷，灶内火焰柔软轻巧，如同无数蹦跳的喜悦。蒙着油烟的 15W 灯泡从幽暗梁柱悬下，散出昏黄光线，这使厨房成为这座房子最温馨的地方。先做肉面片。菜籽油烧熟，用姜末和花椒粉将肉炒出香味，酱油上色，加水，烧开，放进白萝卜片，煮烂，揪指甲大小的面片，加入晒干的菠菜，撒上葱花。绘有红灯笼的搪瓷大碗，可以连吃两三碗，北方人的食量，便是孩子也一直如此坚实。

饭后母亲又忙着炒酸菜粉条。邻村的社火队来表演，演员们的晚饭摊派到各家各户。那将是一次具有规模的饭局：几十人挤坐在场院的长条木桌前，桌上摆着从各户人家端来的炒菜：酸菜粉条、蒜苗土豆丝、萝卜干炒肉，搪瓷脸盆里垒着馒头、花卷、馓子和油饼。敬献给灯官的青稞酒已经暖好，加入姜末、花椒粉及青盐的茶水灌在熏黑的大茶壶中，白色掉漆的搪瓷缸也已摆好。老人站在旁边，笼着袖，孩子们从一扇扇逐渐暗下去的门洞里跑出来玩闹。

锣鼓从远处山道传来，越来越近。这是我盼望的声音，它穿过鸟雀啁啾的树梢，越过大板夯筑的院墙，给渐次黑下来的院落以及屋子以一丝热闹。这些声音预示着今晚将灯火通明，人声鼎沸，这个夜晚因此可以继续白天的嬉闹，而不用在黑夜的沉寂中度过。母亲将酸菜粉条盛到大盘里，将浓红的茶水再次煮沸，盛待亲戚那样恭敬。灯火逼近。社火队终于抵达场院，表演者坐在长条桌前开始晚饭，他们并不急于演出。这使我近距离接触那些长裙拖地的"大姑娘"，他们原来是胡子拉碴的硬汉，现在他们穿着自家媳妇的花棉袄，系一截大花被面作裙子，上面绘有寒雀登梅或者孔雀戏牡丹的图案，那些花朵大而艳丽，花瓣反复层叠。他们腰间系一条水红或者葱绿的府绸腰带，箍大红大绿的头巾。有些"姑娘"从头巾背后垂下一条粗黑的麻花辫子，靠过去大胆一摸，原来是黑灯芯绒布拧成的假辫子。"公子"穿着碎花长袍，并不系带，纨绔子弟的模样。灯官有时也叫老爷，人们将他打扮成戏剧中七品县令的模样，来去有骏马，往来有喽啰。村人们毕恭毕敬，给灯官敬酒。灯官是社火队中唯一可以酩酊大醉的人物，喝醉酒的灯官被皂役们前呼后拥。社火表演前，灯官挥动笏帚致吉祥词，祈求国泰民安、风调雨顺。

跳满场、舞狮子、跑旱船、耍花灯、高跷……社火节目，我已经记住它们的大致环节。狮子最终要等到有疾病的小孩儿穿过它的身下才会离去，高跷依旧是两个踩着跷子的人在那里捕蝴蝶，挑在高杆上的纸蝴蝶上下翻飞，扑朔迷离，逮蝴蝶的人却在那里欲擒故纵。船娘摇橹上来，龙尾巴还在人群中甩动，突然有捏着扇子的八个姑娘穿着红棉袄走上来。人们唏嘘。这一刻胖婆娘还在外场将自己的布娃娃塞到别人怀里去，藏族阿爸的权角上挑着狐狸尾巴，用

　　　　　　　　　　　　　　　　群山奔涌

簸箕做成脸面的牛魔王还在接受铁扇公主的教训。姑娘们一上场，人们静下来，喇叭和锣鼓也静下来，却只有唢呐伸着脖子悠扬。喇叭和锣鼓终究是懂得分寸的乐器，知道在该停止的时候停下，但是唢呐不一样。唢呐吹到兴头上，一定要梗着脖颈吹完整。姑娘们于是分成两排扭起来，十字步，绿扇子齐刷刷地甩起，清脆的歌声唱起来：

> 正月里到了正月正，
>
> 天波府的能人佘太君，
>
> 百岁挂了元帅印，
>
> 横刀跃马乘英雄；
>
> 二月里到了龙抬头，
>
> 杨家将大战幽州城……

有听得懂词儿的，便在旁边大声念叨，原来是《十二唱杨家将》。一些老人们听完后表示不接受，说女人怎么可以耍社火。没有人站起来帮老人说话。更多的人依旧兴奋，女子们果真与男子不一样，将《杨家将》唱得荡气回肠。

锣鼓再次敲起，仿佛要将所有力气都化为节奏。我甚至觉得，此刻的人群和村庄都成为鼓点响起来，要成为火焰烧起来。我转过头，看到人群外的山脉正黑着身子围过来，仿佛要将这一场社火看个究竟。而当我抬头，看到夜空那明亮的星星，它们似乎要一颗一颗地落下，成为社火队里的另一些纸灯笼挂起来。

雪怎样将原野覆盖

现在，我站在一面坡地上，看这个冬天的第一场雪怎样将原野覆盖。虽然昨天才立冬，在别处，或许黄花红叶正浓艳，但在高原，气温已降到零下。寒风刮起碎雪，冰冷扑打面庞，这是名副其实的冬天。我以为我站得已经够高，环顾四周，苍茫山野尽在眼底，然而在远处，更高的山脉将我和这面山坡包围。它们并没有逼人的气势，虽然积雪的山体高耸，但是它们与我之间的距离足够遥远。这样，这些山体又匍匐开来，仿佛羽翼伸展的大鸟，在灰色云气和白色的大地之间无声滑翔。无声，是。这样绵延无际的山川，原该密集事物的声息才对。譬如积雪从枯枝掉下，流水冻结为冰块，譬如一只鸟离开树梢，尾随另一只鸟，一阵风刮下山坡，追逐另一阵风。然而没有。现在没有任何可以捕捉到的动静，甚至呼吸。如此空廓。

只是，这不是死寂。

刚才行走在山路上的时候，我看到一只野兔，它从路旁的高草丛中钻出，站在积着薄雪的路中央向我张望。它那么小，仿佛一捧松软的黄土，只有两只耳朵探出来，仿佛插在那里的两枚枯黄树叶。我以往见过的野兔，都是灰色，它们过于机警，仿佛一粒灰色弹珠，在草丛和灌木间跳跃，或者隐没。我习惯性屏住呼吸，与它对望。然而我的眼睛早已近视，我看不清它的面容。在它眼里，我是什么模样？它似乎对我不感兴趣，将我打探一番后，一声不吭，扭头钻进草丛。

在此之前，山下一座村庄附近，我看到一只黑白色的猫咪正在

群山奔涌

横穿马路。它像女王，又像哨探，它扭转脑袋，一边轻捷地走路，一边细细将我侦察。仿佛我是闯入这个世界的不明之物，而它才是这座村庄的主人。

它们都不愿发出声息，甚至鸟群。

一群鸟像一把树叶洒过我的头顶。我正在看路边灌丛，一把黑影从头顶飘过，不出声，吓人一跳。不像被风吹起，倒像一只无形之手在使劲将它们甩出。我以为是些枯叶，然而它们并没落下来。比麻雀小，比麻雀敏捷。麻雀裹着厚棉袄，不知去了哪里，一路上都不曾见到。而一路上见到的鸟，都不认识。一只有长尾巴的黑蓝色大鸟滑过灌丛，飞向青杨树梢的时候，尾羽展开，修长，灵动，仿佛蓝色的凤凰。还有一种鸟，像灰喜鹊，却比灰喜鹊大许多，它飞过原野的时候，我看到它尾羽的顶端和翅尖上缀着银白的圆点，那么醒目，仿佛几盏亮白的灯烛。

雪不厚，早先它们飘落下来时，似乎有些不均匀。这使山野依旧显露着固有的形态，山坡、洼地、沟壑。大块倾斜的田地，边缘清晰，它们的方形和条状，将原野分割成各种几何形状。一些山洼里，偶尔坐落村庄。白雪的屋顶，红砖墙隐约，看不到人影移动。雪并没有将黑色灌丛覆盖，也没能将淡褐的青杨林进行装饰。行走时，我看到路边灌丛，沙棘落尽叶子，带刺的枝子上，依旧密集橘红的沙棘果。黄花铁线莲纠缠着沙棘，披散开它们带绒毛的花丝，仿佛一群白发魔女。夏天时，沙棘的叶子灰绿，黄花铁线莲展开四片橙黄的苞片，它们合二为一，成为花丛。

这是我所熟悉的雪原，这样亲切，苍茫中的萧瑟。然而又像童年一样，让人感到安慰。我总是对山野痴迷，幻想有一天能独坐一座山头，然后将白昼坐成黄昏，再将夜晚坐成白昼。这样想着，盯着远处寒气迷蒙的山头，路一转，我又发出一声惊叫。太阳，我是说此刻悬在西山之上的太阳，那样大，宛如车轮，又那样艳丽，玫瑰红中糅着橙黄。它近在眼前，似乎只要赶到前面山头，就可以将它触摸。甚至可以搬动它，滚它下山坡，然后将它停放在某座院落的树枝下，让人赏玩。

日 出

　　深冬的早晨，渐近草原时，灯火渐稀。此时应该能看见天上群星的，繁星如霜，可是没有。注视好长时间，只见天边两粒孤星，它俩的能量仿佛已经耗损，油尽灯枯，即将陨落。天色微明的过程，更像一个慢性病患者在一点点痊愈，那般缓慢，令人着急。遗憾的是，星星们却要在此时死去，还有月亮。日夜轮换一回，万物仿佛死生一次，生生死死频繁来去，天地因此愈加苍老。车过倒淌河时，我看见天边群山的剪影如黑色波浪起伏，一小朵暗色的云像海豚跳出水面，无比可爱，它的肚腹轻触山尖。它似乎要随时跃起，或者潜入深渊，它体态灵活，眼神呆萌。过一会儿去看，似乎又是一只蜗牛，就那样缓慢地在起伏不定的山顶爬行，目标明确，神态安详。

　　那一时，云后面的天空仿佛一张薄薄的粗纱幕布，微白的光从更远的地方照过来，将幕布穿透。尼采赞美这日出前的天空，说："你掩藏在自己的美之中，并且雍容华贵地向我走过来。你默默无语地以自己的智慧向我明白地展露。"可惜我感受不到天空更多的雍容华贵，我只觉察到天将明，黑暗隐去，这个过程像每一天那样，低调，不事张扬。太阳在山那边跃跃欲试。

　　天地间的细节一点点随光显现，丰富起来。先是山的轮廓逐渐清晰。山自然是连绵不断的，像庞大的植物根茎在大地上蔓延。然后是草原上的房屋，依旧是暗色的屋子，偶尔闪烁一点亮光，隔很久，又出现一座。它们彼此隔绝，却又遥遥相望，让人思及古代点狼烟的烽燧。更细的细节慢慢出现，那是切割天空的电线。如果有鸟蹲在电线上，应该是斑鸠吧，鹰隼是不屑于站在电线上的。后来才看清大地上的草棵。冬天，没有叶子和绒毛的草茎要细瘦许多，感觉稍一碰触，它们就会飒飒作响。自然那响声也是细瘦的，薄脆，声音如果高一些，就会断裂，像易折的草茎那样。牛羊和黑狗出现的时候，天空已经大亮。

天边的云已不是海豚和蜗牛了，现在它们与天空有了距离，与山也有了距离，它们更像长大要离家远去的孩子，它们要独自生活，证明自己作为云的存在。光线将云的内部映亮，照出一点薄弱的白，原来是丝丝缕缕的内部，是千千阙歌的内部，是一曲新词酒一杯的内部。云会有那么多的心思，这在灼亮的白昼很难发现。

8点41分，在快要看见青海湖的时候，太阳终于要诞生了。没有任何痛苦，但橘黄的血色还是将东面天空晕染。我见过鱼妈妈产小鱼，过程特别利索，毫不含糊，没有任何艰难困苦。天空是更大的一条鱼，太阳是小鱼。8点43分，一轮太阳诞生，毫无残缺，完美辉煌。天地一下寂然地欢呼起来，让人想起多年前的一个梦：人们站在山下敲锣打鼓，太阳在山顶掀开帘幕。

金色光芒将草原笼罩，羊群开始移动，马俯首专注于眼前草棵。一辆小汽车停在路边，牧人弯下腰，用打气筒给汽车轮胎打气。

10点多，青海湖边，眼前是一面冰冻的大湖，曾经的波浪线条依旧，只是它们已经凝固。夏日的蓝也已变成灰白，湖面微微拱起，太阳光仿佛自大湖内部照过来，热量已经散失，只剩下光。近前，看见冰面的凹凸不平，长长的裂缝延伸出去，不明小动物走过留下脚印。近岸湖面积一层雪，雪上覆盖细细灰尘，侧眼去看，仿佛灰色的水波平浪静。

　　草原的天如此多变，8 点多尚且晴朗的天空，10 点之后阴云开始聚起，天空成为灰白。灰白的天空与灰白的湖面相连，分界线处，是遥远的山脉横亘。这景象像极了电影《星际穿越》里的米勒星球，那没有边际的水，灰白的天空，远处涌来如同山峰似的巨浪。那个星球靠近黑洞卡冈都亚，时间流逝极其缓慢，库珀和他们的"巡逻者"逗留短短几个钟头，地球上已是 20 多年过去。

　　临湖而立，仿佛真的处在一个外太空的星球，除去我们，周围再无人影，没有牛羊，没有机器或者其他事物制造出的声响，眼前只是凝固的水，凝固的天空，时间也在慢慢凝固，1 小时仿佛 7 年。

后
记

　　选在这本书里的文字，最早的篇章写于 2007 年左右，如《金色河谷》，最晚的，写于前几个月，如《群山奔涌》，之间将近 15 年。15 年时间，一个人的身体，对事物的看法，对环境的反应都会发生许多变化。身体逐渐衰老，对事物的看法由简单到复杂，复回归简单，对人与物开始宽容，这个过程说不上好，但也说不上不好，它只是一个个体自然而然的规律变化，没有多少"自己决定"的成分在。文字不一样。文字没有一个由繁复至简洁，或者由朴素至绚烂的固定轨道存在，它大多随个人喜好，或者性情而变化。不过大致上，文字会随着年龄的增大而逐渐平实，所谓"删繁就简三秋树"。我自然也因循了这一条。

　　个体容易对自己的过去释然，这大部分归功于时间的冲淡，记忆力的衰退，以及拿过去无可奈何的无能为力。可是作为一个写作者，很难对自己的文字持如此态度。过去认为天花乱坠的，现在看大多缥缈不知何为；过去认为寓意隽永的，现在看大多华而不实；过去认为掏心掏肺的，现在看不过是小儿唏嘘……15 年后，要耐着性子重读自己以前的文字，是一件艰难的事。因为不想容忍，恨不得逐字逐句来一番大修改。但每每动手前，又按捺住自己：过去的自己都放过了，何必为难过去的文字。

一个认真对待写作的人，许多事可以粗糙，可以忽略，可以不求完美，唯独对文字要求高。所以无论 15 年前，还是 15 年后，无论风格、题材或者写作习惯如何变化，这期间每一粒出现在纸上的字都是郑重的，是老实的，没有油腔滑调，没有故弄玄虚，说到底，每一粒字都是我曾经真实的一部分。

如此，我便承认过去的文字就是过去的自己，我释然过去，也便释然了过去的文字。

感谢马钧先生。

感谢使本书得以出版的师友。

感谢您阅读。

2022 年 1 月 28 日